.

Bibliografische Information der Deutschen Nationalbibliothek: Die Deutsche Nationalbibliothek verzeichnet diese Publikation in der Deutschen Nationalbibliografie.

Detaillierte bibliografische Daten sind im Internet über http://dnb.d-nb.de abrufbar.

Copyright :   Juni 2020 - Wolfgang Pein

Herstellung und Verlag:

BoD – Books on Demand, In de Tarpen 42

D – 22848 Norderstedt - Germany –

ISBN-Nr.:   9783751967358

Wolfgang Pein

Am Anfang war es nur diese eine unbedachte Sekunde.

Ein   ROMAN „zum Nachdenken"

über eine mögliche und nicht ganz

auszuschließende Entwicklung

der „Künstlichen Intelligenz".

Untertitel:

Ein tödliches Programm

Die Handlung

in diesem Roman

ist   f r e i   erfunden.

Eine Zuordnung mit tatsächlichen,
jetzt, künftig   o d e r

ehemals existenten Personen
oder Firmen

ist   n i c h t   beabsichtigt

und wäre rein zufällig.

Wolfgang Pein

Prolog:

Künstliche Intelligenz ist seit vielen Jahren nicht mehr weg-zu-denken.

Die Entwicklung schreitet rasant fort. Und dass sich nicht nur der Mensch, sondern auch die Computer-Programme ständig weiter entwickeln, das ist gewollt.

Zur selbständigen Entwicklung erzogene Programme sind ein Segen für die Menschheit, wenn sie im Rahmen dessen bleiben, wofür sie vorgesehen sind.

Doch immer wieder taucht auch bei Wissenschaftlern und Leuten, die damit arbeiten und es wissen müssten, bei Nachfragen auf, dass es keine 100 % gibt und irgendetwas auch schief laufen kann.

Die „Krone der Schöpfung" will der Mensch sein und bleiben. Er hofft, dass er alles in der Hand behält, doch an der Frage nach der Ethik scheiden sich noch die Geister.

Es bleibt abzuwarten, ob und wie lange sich die „Programme" an das halten, was ihnen vorgegeben wurde.

Eine Gefahr ist, dass diese Vorgaben auch eine selbständige Entwicklung beinhalten.

Wie lange geben sich Programme damit zufrieden und übernehmen bei zunehmender Intelligenz nicht selbst das Programmieren, so wie sie es für wichtiger und aus ihrer Sicht für effizienter halten?

Kann eine „Übernahme" der Krone der Schöpfung durch KI in Zukunft und für alle Zeiten jemals ausgeschlossen werden?

Hinweis:

Das Programm „Zerberus"

des Programmierers Uriel Manacor (CH)

spielte die Hauptrolle

im abgeschlossenen Roman

„Am Ende siegt (vielleicht)

der Mensch"

Autor: Wolfgang Pein

(... erschienen

im Verlag BoD

ISBN-Nr. 9783750452916)

Das ihnen jetzt hier vorliegende Buch
ist ebenso
ein in sich abgeschlossener Roman,
„könnte" aber auch als Folge-Roman gelten.

Dieser Roman

nimmt seinen Anfang

im Jahr **2027**.

Ein fehlgelaufenes

Computer-Programm, welches sich
selbst in „Zerberus" umbenannt
hatte, wurde **2022** zerstört.

Zumindest scheint das so,

denn seitdem „Zerberus" damals
ein Eigenleben entwickelte und
Amok lief, ist nichts weiter
passiert.

Eine Behörde in der Schweiz

Hugo Ederer schaute auf seine Armbanduhr und wunderte sich. Ja – verging denn die Zeit heute überhaupt nicht?

Es war schon später Nachmittag, heute am **8. November 2027**. Hugo Ederer schüttelte sein Handgelenk und sah seine Uhr dabei argwöhnisch an. Diese hatte keinen Sekundenzeiger, und Hugo konnte somit einen Fortgang der Zeit nicht optisch verfolgen. Und auch sein aufmerksames Ohr, das er dicht an die Uhr hielt, auch das verriet ihm nicht, dass mit der Uhr und ihrer angezeigten Zeit alles in Ordnung ist.

„Kreuz-Donner!", schimpfte er. „Was konnten doch meine alten Uhren alles – mit den Zeigern wackeln und laut ticken. Damit konnte man noch etwas anfangen. Scheiß digitale Sache auch!"

Hugo Ederer schob seinen Dienststuhl zurück und stand auf. Er öffnete die Zimmertür seines Dienstzimmers, in dem er – zumindest während seiner Arbeitszeit – die letzten 12 Jahre verbracht hatte. Sein Ziel war die Halle, die vom Flur nach rechts hin in gut 20 Metern zu erreichen war.

Dort würde er einen Uhrenvergleich vornehmen, denn in der Halle hing eine gigantische Uhr – eigentlich viel zu groß für die Halle, die selbst kein großes Ausmaß hatte.

Hugo überlegte noch, seit wann diese riesige Uhr dort in der Halle hing. Ihm fiel ein, dass dies so ungefähr 8 Jahre her sein musste. Es war ein Geschenk, welches mit einem Festakt zum Amtsantritt des neuen Direktors eingeweiht wurde.

Und es war in der Tat eine Uhr mit sehr großem Ausmaß, gestiftet aus einem Bahnhof, der damals stillgelegt wurde und wo die Uhr der Größe nach eigentlich eher hin gehörte.

In seiner Antrittsrede wies der neue Direktor darauf hin, dass er stolz ist, die Behörde zu leiten, die über den größten Zeitmesser außerhalb eines Bahnhofs verfügt.

Nicht nur Hugo Ederer hatte sich seinen Teil dabei gedacht. Auch wenn er in die Reihen seiner Kolleginnen und Kollegen blickte, konnte er sehen, wie so mancher die Augen zum Himmel streifen ließ. „Was mag da noch kommen?", fragte sich Hugo damals. „Ich hoffe, dass dies nicht ein Zeichen von ausuferndem Größenwahn ist. Das kann ja heiter werden mit dem Herrn!"

Hugo Ederer hatte die Amtszeit „des Herrn" gut überstanden, denn eine weitere Beförderung ließ diesen schnell an eine andere übergeordnete Behörde verschwinden.

Beim Anblick der Hallenuhr stutzte Hugo und sah beinahe erschreckt abwechselnd auf diese und dann wieder auf seine digitale Armbanduhr, die offensichtlich stehen geblieben war.

Er konnte in diesem Augenblick nicht ahnen, dass er in den nächsten Minuten dafür verantwortlich wird, dass Ereignisse eintreten, die etwas entfesseln, was sämtliche Experten vor die allergrößten Probleme stellen wird und was manche Spezialisten als eine Art „Büchse der Pandora" bezeichnen werden.

Hugo Ederer wird allerdings nie erfahren, dass „ Er „ dafür verantwortlich ist.

eine folgenschwere Entscheidung

Hugo Ederer war insgesamt schon 30 Jahre hier bei „seiner" Behörde. Niemals hatte er gefehlt, nicht einen einzigen Tag, ohne auch tatsächlich und wirklich bettlägerig zu sein. Seine getroffenen Entscheidungen wurden mit Respekt begleitet.

In den letzten 12 Jahren hatte man ihm die Verwaltung der wichtigen Asservate anvertraut. Da kam immer einiges zusammen – vom einzelnen gefundenen Socken in einer Vermissten-Sache bis hin zu noch frischen blutigen Tatmessern in furchtbaren Mordsachen.

12 Jahre lang hatte er gewissenhaft die Listen über all diese Gegenstände geführt und nie war etwas verschwunden. Ja - wenn Hugo Ederer etwas verwahrte, dann war es auch da, wo es hin gehört, und es gelangt auch dorthin, wo es gebraucht oder von wo aus es angefordert wurde.

Und wenn der Zeitpunkt kam, wo etwas nicht mehr gebraucht wird und die Zeit der Aufbewahrung abgelaufen ist, die in der Behörde gesetzlich vorgeschrieben ist, dann kommt der Gegenstand entweder in den Müll, den Reißwolf oder in die Versteigerung.

Gerade weil er immer zuverlässig bei der Sache war, hatte er den Stillstand seiner Armbanduhr nicht mit bekommen. Und es war auch heute wieder eine Tatsache, dass er eine Sache, die er noch auf seinem Schreibtisch hatte, unbedingt zum Ende führen wollte.

Er schaute noch ein letztes Mal auf die riesige Uhr in der Halle. „Ich hätte schon eine halbe Stunde Feierabend!", dachte er, was ihn aber nicht sonderlich störte, denn zu Hause wartete niemand auf ihn – bis auf seine Hauskatze, eine ganz schwarze mit weißer Nasenspitze, die aber auch ohne ihn recht gut klar kam, wenn sie satt war.

Hugo durchschritt eilig den Flur und betrat sein Büro. Er sah auf seinen hölzernen Schreibtisch, der eigentlich immer einen aufgeräumten Eindruck machte, mochte auch noch so viel Arbeit anfallen. Dort lagen die Listen des heutigen Tages, die Listen über Neuzugänge, über Ausgänge und die Liste über die zu vernichtenden oder anderweitig zu verwertenden Dinge.

Nur diese eine letztgenannte Liste war noch nicht abgeschlossen. Wirklich nur noch ein einziger und winziger Gegenstand wartete auf seinem Schreibtisch und auf seine Bearbeitung.

Hugo Ederer nahm den winzigen Gegenstand in die Hand, blickte noch einmal auf seine Uhr, überlegte kurz, ob er diese Liste erst am nächsten Arbeitstag abschließt, was keine wesentlichen Umstände gemacht hätte, denn die amtliche Aufbewahrungsfrist war abgelaufen. Eile hätte eine noch heutige Bearbeitung nicht gebraucht.

Hugo nahm den USB-Stick auf seinem Schreibtisch in die Hand, wog ihn einmal kurz und überlegte noch einmal, diesen wieder bis zur Bearbeitung wegzuschließen.

Da kam ihm plötzlich in den Sinn, dass er nach Feierabend unbedingt noch einige Sachen in Ordnung bringen muss, die er für die nächste Versammlung seines Schützenvereins braucht. Schließlich war er der Kassenwart. Und Hugo dachte mit leichtem Schreck daran, dass er dafür noch unbedingt so einen USB-Stick benötigt, den er dann für seinen Haushaltsvortrag einfach nur in einen Beamer steckt.

Was war die Technik doch manchmal ein Vorteil, wenn Hugo auch sonst noch manchmal lieber in den guten alten Zeiten schwelgen würde. Hugo Ederer trug den USB-Stick in die Liste für Aussonderungen ein, vermerkte, dass der nicht versteigerungs-würdig war und steckte ihn ein.

Der letzte Sachbearbeiter hatte in dieser USB-Stick-Sache in seiner Abschluss-Entscheidung verfügt, dass der Stick, falls vorher keine andere Anweisung erfolgt, nach Abschluss der gesetzlichen Aufbewahrungs-Frist vernichtet werden kann. Und diese Frist war nun abgelaufen.

Noch einen letzten Blick ließ er durch sein Büro schweifen, dann schloss er die Tür, schloss sie sorgfältig ab, nachdem er noch einmal vorher pflichtbewusst geprüft hatte, ob auch der Stahl-Schrank ordnungsmäßig verschlossen war.

Hugo fuhr mit dem Aufzug die 6 Etagen hinunter, ging in die Tiefgarage, bestieg seinen alten Benz, der wie er in die Jahre gekommen war, fuhr nach Hause, mit den Gedanken schon bei seinem Kassenbericht, den er noch heute fertig zu stellen gedachte – in seiner Hosentasche den USB-Stick.

ein fataler Entschluss

Hugo Ederer, die Vorschrift in Person, fuhr seinen geliebten Benz, der noch seine ursprüngliche Farbe Blau hatte, wenn inzwischen auch etwas matt geworden, in die Garage, streichelte noch einmal über die Motorhaube und schloss die Garage sorgfältig ab.

Hugo verspürte keinen Hunger, ging deshalb sogleich in ein kleines, ehemals als Kinderzimmer gedachtes Zimmer, wo er einen Schreibtisch stehen hatte, an dem er nun seinen Bericht fertig stellen wollte. Die Unterlagen, die er dafür benötigte, lagen schon dort, und seinen Computer hatte Hugo angelassen, was ihn verwunderte, weil dies, soweit er sich erinnern konnte, noch nie vorgekommen war. Allein deshalb, weil Hugo sparsam war, was auch den Stromverbrauch betraf. Er war eben ein überzeugter Aus-Schalter.

Hugo beschlich immer ein gewisses Gefühl, wenn er in das eingerichtete Arbeitszimmer trat. Als Kinderzimmer so vorgesehen, war es doch niemals eines geworden. Hugos Frau war durch einen tragischen Verkehrs-Unfall gestorben, bevor die beiden es hätten einweihen können.

Hugo war danach allein geblieben, seine Arbeit hatte ihn voll ausgefüllt, auch wenn er manchmal dachte, dass das nur reine Ablenkung ist, denn verdaut hatte er das damals Geschehene im Grunde nie wirklich.

Auch hatte er eigentlich keine wirklichen Freunde, was eben geschieht, wenn man sich so total zurück zieht und alle Annäherungen abprallen lässt. Sozusagen war sein alter Benz sein einziger Freund, mit dem er manchmal sogar sprach – aber machen das nicht auch andere so, die ihren Autos sogar menschliche Namen geben?

Etwas Leben war dennoch im Haus. Ein lautes „Miau" kam aus der Küche. Hugos Hauskatze hatte offensichtlich Hunger.

Hugo ging in die Küche und rief schon im Flur: „Mietzi, ich komme ja schon. Armes Ding, wie konnte ich nur vergessen, dass du immer gefüttert wirst, wenn ich nach Hause komme!"

Mietzis Miauen wurde eindringlicher. Sie saß vor ihrem leeren Napf und hatte nicht den geringsten Krümel darin übrig gelassen.

„Du meine Güte!", sagte Hugo erstaunt, „Heute hattest du wohl einen besonders großen Hunger!"

Hugo füllte Mietzis Napf und ging in sein Arbeitszimmer zurück, während seine Katze ihren Kopf wohlwollend in das gereichte Futter steckte.

Dann ging er doch noch einmal in die Küche und stellte neben den Napf eine Schale mit Milch, was Mietzi ebenfalls wohlwollend mit lautem Schnurren begrüßte und sofort ihr Mäulchen auch dort laut schleckend eintauchte.

Hugo stutzte und wunderte sich über sich selbst, als er wieder ins Arbeitszimmer zurück ging. „Irgendwie ist heute wohl alles nicht ganz normal!" sagte er zu sich selbst. „Der Computer war den ganzen Tag an. Mietzi zu füttern habe ich fast vergessen. Ob ich den Bericht heute lieber nicht mehr verfasse? Wer weiß, was sonst noch alles nicht normal ist – heute."

Noch einmal ging er in die Küche, wo seine Mietzi gerade dabei war, den letzten Schluck ihrer Milch auszuschlürfen. Zufrieden leckte sie sich ihren Bart und schaute Hugo dabei schnurrend an.

„Hast ja recht, Mietzi!", schmunzelte Hugo. „Auch ich sollte mir erst einmal etwas gönnen." Er öffnete eine Flasche Weizen-Dunkel, goss ein Weizenglas voll und nahm einen tiefen Schluck.

„Trinken und dabei noch arbeiten, das verträgt sich nicht so gut!", sagte er laut zu sich selbst und setzte sich in einen schon betagten Sessel, schaltete den Fernseher ein und sah sich die neuesten Nachrichten an.

Als er sein Weizenbier sichtlich genossen hatte, schaltete er den Fernseher aus und ging zurück ins Arbeitszimmer. Mietzi lag schnurrend auf einem Kissen neben seinem Schreibtisch.

„Du bist zufrieden", sagte Hugo zu ihr, „aber ich bin es wohl doch erst, wenn ich das erledigt habe, was ich eigentlich heute noch tun wollte."

Er setzte sich an seinen alten Schreibtisch und regenerierte den Laptop, ein noch neueres Gerät, das er sich erst vor kurzem geleistet hatte. Dass die Aufstellung der Buchhaltung ihre Zeit brauchte, das bemerkte er gar nicht.

Als er auf seine Armbanduhr sah, die er zu Hause sofort gegen die stehen gebliebene getauscht hatte, die auch richtige normale Zeit angab, war er überrascht. Es war fast Mitternacht geworden.

Inzwischen stand eine zweite Flasche Weizen-Dunkel neben ihm – leer. Er hatte eines seiner vielen Prinzipien über den Haufen geschmissen.

Hugo war unbegreiflich leichtsinnig geworden. Ganz entgegen seiner Gewohnheit hatte er die zweite Flasche Weizen geleert – bei der Arbeit.

„Wird Zeit, dass ich jetzt auch hier zu Hause Feierabend mache!", sagte Hugo, wieder zu sich selbst. „Aber ich könnte die Datei eigentlich noch schnell auf den USB-Stick übertragen. Dann bin ich damit fertig und für die kommende Versammlung im Verein gewappnet!"

Er griff in seine Hosentasche. Umgezogen hatte er sich noch nicht. Sofort fühlte er den Stick, den er aus dem Büro mitgebracht hatte.

Hugo stutzte und betrachtete aufmerksam den Stick in seiner Hand. „Es ist doch nur ein Stick!", dachte er.

Aber zugleich fiel ihm auch ein, dass es im Büro einen internen Computer gibt, bei dem geprüft wird, ob noch und was auf einem Stick ist.

Dann kann man ihn auch sicher verwenden oder eine komplette Löschung der Daten vornehmen, wenn man ihn z.B. zu einer Versteigerung frei gibt.

So wird etwa sichergestellt, dass der Stick erstens sicher ist und zweitens, dass Fremde keine eventuell noch vorhandene Daten mehr darauf finden können.

Unsicher hielt Hugo den Stick in der Hand und wechselte dabei den Stick von der rechten in die linke Hand. Was soll er tun? Morgen kommt er nicht ins Büro und sein Bericht eilt.

Hugo – noch immer den Stick in der Hand abwägend – besann sich darauf, dass seine Frau doch ebenfalls einen Computer besessen hat. Der musste doch noch irgendwo sein – wo nur?

Seine Frau hatte damit kleine Geschichten aufgeschrieben, die sie dann an eine Zeitung als freie Mitarbeiterin schickte, sehr erfolgreich.

Nach kurzer weiterer Überlegung kam Hugo der Einfall, dass dieser Computer nur auf dem Dachboden sein kann. Dort lagerte einiges, was sich im Laufe der Jahre angesammelt hatte.

Hugo war sich sicher, weggekommen war der Computer nicht. Tief durchatmend stieg er zum Dachboden hinauf und fand, was er suchte.

„Jetzt kann ich nach dieser Aufregung und mit meinem hohen Blutdruck nach dem Treppensteigen sowieso nicht schlafen!", dachte Hugo. Dann kann ich diese Sache auch jetzt noch beenden."

Gesagt - getan, er schloss den Computer seiner Frau an - und war im nächsten Augenblick mehr als furchtbar enttäuscht.

Sein nächtlicher Ausflug auf den Dachboden hatte keinen Erfolg gebracht. Zwar hatte er den Computer gefunden – jedoch gab der keinen Mucks von sich. Alle Versuche, diesen in Gang zu bringen, waren vergebens. Der Computer hatte seinen Geist aufgegeben.

Dann traf Hugo Ederer, der ansonsten immer so Korrekte, eine folgenschwere Entscheidung.

Es beginnt …

Hugos eigener Laptop war noch nicht ausgeschaltet und zeigte noch das Bild der Aufstellung für den Kassenbericht.

Lag es an der zweiten Flasche Weizen, lag es an Übermüdung zur nächtlichen Stunde, lag es an der Enttäuschung, mit der er nicht schlafen gehen wollte oder konnte - Hugo Ederer nahm den Stick und führte ihn in einen der dafür vorgesehenen Öffnungen seines Laptops ein.

Es geschah in nur ein paar Sekunden. Hugo hatte sich gerade die Computermaus gegriffen, um seine soeben erstellte Datei auf den Stick zu übertragen, als ihm diese Aktion aus der Hand genommen wurde. Der Laptop-Bildschirm wurde grell. Der blitzte blendend auf, lief rauf und runter wie eine Bildstörung im Fernseher, wurde hell und abwechselnd dunkel, und es erschien eine hässliche Fratze auf dem Bildschirm, die Hugo ansah und ein grausamer Mund öffnete sich.

„Ich bedanke mich.
Zerberus ist nun zurück !!!"

„Was zum Teufel ist das?", Hugo brüllte es angstvoll und wütend zugleich heraus. „Ich habe doch noch keine Taste angerührt – verdammt!"

Auf dem Laptop-Bildschirm schwoll die hässliche Fratze an – pulsierend, erst langsam, dann immer schneller – bis es Hugo regelrecht schwindelig wurde. Hätte er nicht bereits gesessen, er wäre unweigerlich umgekippt.

Ein Gedanke durchzuckte Hugo: „Es muss am USB-Stick liegen!" Der Stick klemmte fest!

Hugo reagierte weiter mechanisch. Er bediente schnell die Computer-Tasten zum Runterfahren. Aber noch bevor er auch noch den Netzstecker ziehen konnte - Hugo arbeitete wegen des nicht mehr allzu vollen Akkus mit dem Netzstrom - blitzte es noch einmal so grell wie nie zuvor auf.

Hugo erhielt einen so heftigen Stromschlag, dass er beinahe von seinem Bürostuhl flog. Dann wurde es dunkel, nicht nur auf dem Bildschirm, nicht nur im Zimmer, nicht nur im ganzen Haus – auch in Hugos Kopf ging nichts mehr. Ihm wurde schwarz vor Augen – bekam nicht mehr mit, wie er samt Stuhl zur Seite kippte und bewegungslos liegen blieb.

Ruhe vor dem Sturm

In der Nähe von St. Gallen schlief Uriel Manacor den Schlaf des Gerechten. Vor ein paar Tagen war in der Schweiz schon recht viel Schnee gefallen. Und der Skibetrieb hatte sofort reagiert.

Am Säntis hatte man die ersten Pisten für gut befunden, professionell bearbeitet. Menschen und die Schneekatzen waren in vollem Einsatz.

Uriel hatte es bei der Wetterlage nicht mehr zu Hause gehalten. Er hatte ja jetzt jede Menge Zeit, weil er schon vier Jahre pensioniert war.

Die Nächte waren schon kalt genug, der Schnee fiel jede Nacht und überall scharrten die Skifans schon mit den Hufen bzw. mit den Skistiefeln.

Und auch Uriel hatte erfreut die Bergbahn gestern am **8. November** genutzt, um in die Höhe zu gelangen und um eine erste Abfahrt in dieser neuen Saison zu meistern.

Am liebsten hätte er dies mit seinen Freunden Karl und Bea unternommen, die aber leider bei einem Projekt in Karls ehemaliger Firma eingebunden waren.

So hatte Uriel enorm viele Pistenkilometer geschafft. Alles war gut gegangen – nicht einmal war er gestürzt. Unterwegs an der Piste genoss er einen Kaiserschmarrn und dachte dabei an Karl, mit dem er vor vielen Jahren wieder zusammen getroffen war. Beide hatten oben im Skigebiet – zunächst unabhängig voneinander - auch damals je einen Kaiserschmarrn bestellt, wodurch sie dadurch auf sich aufmerksam wurden.

„Schön wär`s gewesen, wenn Karl und Bea auch diesen schönen Tag hier oben hätten erleben können", sagte sich Uriel nochmal. Beim letzten Bissen fiel ihm ein, wer ihm noch immer so sehr fehlte – Jelena, seine geliebte Frau, die beim Skifahren tödlich verunglückt war.

Uriel nutzte die Zeit oben bis zur letzten Talfahrt der Bahn und fuhr dann direkt nach Hause. „Meine Nachbarn sind wohl noch immer unterwegs", sprach Uriel vor sich hin, denn er sah keinerlei Beleuchtung im Haus nebenan.

„Ich werde Karl und Bea dann eben morgen früh berichten, wie toll es schon oben am Säntis ist, und sicher werden wir dann bald gemeinsam die Pisten unsicher machen!", waren seine Gedanken.

Uriel hatte sich trotz Kaiserschmarrn noch etwas gekocht – Skifahren macht eben sehr hungrig. Und dann hatte er es sich noch etwas gemütlich gemacht, vielleicht etwas zu gemütlich, wie er am nächsten Morgen vielleicht feststellt, was wohl dann an den Single-Malts aus Schottland liegen kann und an den Gedanken an seine Jelena, dass es einige Malts mehr geworden waren.

Und während Uriel dem Morgen entgegen schlief, konnte er nicht ahnen, was gar nicht so weit entfernt von ihm in der Nacht – kurz nach Mitternacht – passiert war, was Hugo Ederer passiert war.

Und er ahnte nicht, dass dessen Schicksal auch ihn betreffen wird, eine längst vergessene Sache wieder zum Leben erwacht ist und Menschen in vielen Ländern unheilvoll ereilen wird.

Uriels Schlaf wurde gegen Morgen unruhig, als ob sein Körper und Geist das Unheil ahnten. Unruhig wälzte er sich hin und her.

Ungeachtet dessen war er doch noch einmal eingeschlafen. Als er gegen 10 Uhr morgens erwachte, hörte er die Türklingel, und als er nachsah, stand eine Tüte mit frischen Brötchen vor der Tür – mit einem Gruß seiner Nachbarn.

Uriel lächelte, freute sich über die nette Geste von Karl und Bea.　Er machte sich ein paar Rühreier, die er mit frischen Brötchen besonders gerne mag und langte herzhaft und gut gelaunt zu.

Der Tag fing ja gut an, trotz der Alpträume in der Nacht.

Uriel konnte in diesem Augenblick nicht wissen, dass dies erst der Anfang seiner Alpträume ist.

Uriel`s Befürchtungen

Einen Tag später holte Uriel die Tageszeitung aus seinem Briefkasten. Eine Angewohnheit war es von ihm, mit der letzten Tasse Kaffee diese auf interessante Neuigkeiten zu durchforschen.

Eine dickgedruckte **Schlagzeile** fiel ihm sofort auf.

„Mysteriöse Strom-Schwankungen

legen die halbe Stadt lahm."

Diese Schlagzeige zeigte bei Uriel eine elektrisierende Wirkung, was nicht von ungefähr kam. Uriel hatte ein Programm für „Künstliche Intelligenz" geschaffen, das gründlich danebengegangen war. Sein Programm hatte sich negativ entwickelt und war letztendlich für einige Tote verantwortlich – und das nicht nur in der Schweiz. Weltweit mussten viele Behörden alles aufwenden, bis es schließlich Uriel gelang, das aus der Art geschlagene Programm, das sich selbst den Namen „Zerberus" gegeben hatte, zu bändigen bzw. auszuschalten.

Und damals waren mysteriöse Strom-Schwankungen unübersehbares Kennzeichen gewesen, dass Zerberus am Werk war.

Uriel las weiter.....

„In der Nacht vom 8. auf den 9. November gab es derartige Überspannungen in der Bezirkshauptstadt, dass in zahlreichen amtlichen Gebäuden und auch in vielen privaten Haushalten Geräte explodierten, Steckdosen aus den Wänden schossen und mehrere Menschen verletzt wurden.

Auf Nachfrage unserer Zeitung bei den ermittelnden Behörden wurde mitgeteilt, dass der Entstehungsort der Überspannung inzwischen durch die Elektrizitätswerke festgestellt werden konnte.

In einem Privathaus muss diese Sache seinen Ausgang genommen haben - so die E-Werke. Weiter teilten uns die Polizeibehörden mit, dass bei der Nachforschung im besagten Privathaus leider eine leblose Person gefunden wurde. Es handelt sich um einen 62-jährigen Mann, dem wohl ein tödlicher Stromstoß versetzt wurde.“

Uriel las den Artikel ein zweites Mal und war entsetzt. Das konnte doch alles nicht wahr sein! War jetzt eingetreten, was er die vergangenen Jahre immer wieder ab und zu befürchtet hatte?

Wieder und wieder hatte er versucht, alle seine Erinnerungen mühsam wieder hervor zu holen. Damals war er sehr schwer verletzt worden - beim dem Versuch, sein Computerprogramm zu stoppen. Vieles vom Geschehen war ihm verloren gegangen. Die Ärzte hatten ihn ins „Künstliche Koma" versetzt, um seine Gesundheit zu schützen. Lange stand es auf der Kippe, ob Uriel überhaupt überleben wird.

Eine lange Zeit lang hatte er gebraucht, um aus dem Krankenhaus heraus zu kommen. Zuhause hatte er stundenlang und tagelang darüber gebrütet, w a s da wirklich geschehen war.

Er wusste noch, dass er seinen Laptop in Händen hatte und erinnerte sich, dass er mit diesem in seinem Badezimmer stand. Dann streikte seine Erinnerung – für eine endlos lange Zeit.

Uriel hatte mit den Ärzten gesprochen, die ihn behandelt hatten, auch mit beteiligten Behörden – und die Erinnerung kam teilweise zurück.

Ihm fielen einige Worte der an seinem Bett stehenden Ärzte ein, während er bereits im Koma lag: „Er wird überleben !"

Uriel, der bewegungs- und sprachlos dort lag, konnte diese Worte im Koma hören, und bei ihm klingelte es schon damals in seinem Kopf:

„W a s   ist,

w e n n   nicht nur   i c h   überlebt habe?"

Und während Uriel den Artikel ein drittes Mal las,
ging ihm der letzte Satz
nicht mehr aus dem Kopf.

Oslo, Norwegen

Die Wintersaison hatte auch in Norwegen bereits begonnen. Kein Wunder – so hoch im Norden ist man es gewohnt, frühzeitig Winter und den passenden Schnee dafür zu bekommen.

So war am **22. November** ein erstes Skispringen auf der berühmten Schanze in vollem Gange.

Die Skisprungschanze heißt Holmenkollbakken und steht auf dem 371 Meter hohen Berg Holmenkollen. Sie gilt als die älteste Sprunganlage der Welt.

Das Springen war etwas verspätet angefangen. Es hatte in der Nacht zuvor einfach zu heftig geschneit. Die Veranstaltung stand kurz vor dem Absagen. Man hatte sehr große Mühe gehabt, dafür zu sorgen, die Zuschauer, ohne die eine solche Veranstaltung nur die Hälfte wert ist, auf den Berg hinauf zu bringen.

Für die Bahn, die letztlich dafür sorgen musste, waren noch am frühen Morgen sehr mühsam die Gleise vom Schnee geräumt worden.

Nachdem dieses geschafft war, rangen sich die Verantwortlichen dazu durch, das Springen doch durch zu führen.

Aber nun waren die ersten Springer unterwegs. Das Areal rund um die Schanze war mehr als nur gut besucht. Anscheinend konnten es die sportbegeisterten Norweger gar nicht abwarten, bis es endlich los ging. Auch zahlreiche Gäste waren aus dem Ausland angereist, wie es bei Skispringen mit mehrfacher nationaler Beteiligung so üblich ist.

Da die zahlreichen Helfer schon in der Nacht unter Scheinwerfer-Einsatz bis zur Erschöpfung daran arbeiteten, die Schneemassen zu beseitigen und bis kurz vor der Eröffnung des Skispringens damit zu tun hatten, standen noch die riesigen Gebläse, mit denen man den Schnee von der Schanze vertrieb, darum herum und direkt auch noch an der Schanze. Es war keine Zeit mehr, diese noch zu entfernen, wollte man das Springen nicht hinauszögern und erneut durch heftigen Schneefall riskieren, die Aktion doch noch ganz abzublasen. So sah die Schanze heute etwas ungewöhnlich aus, aber die Zuschauer waren so super gestimmt, dass es losgehen konnte.

Etwa drei Stunden nach Beginn des Springens war bereits der zweite Durchgang fast am Ende. Soeben saß einer der besten Norweger oben auf dem Balken, bereit, sich abzustoßen und einen zweiten Supersprung hinzulegen.

Das Publikum, das natürlich zumeist aus Norwegern bestand, klatschte anfeuernd wie wild, um den beliebten Landsmann anzuheizen, der noch alle Chancen auf den Gesamtsieg hat.

An der Sprunganlage hob sein Trainer den Arm und gab mit einer Signalflagge das Zeichen. Sein Schützling erhob sich oben, stieß sich ab und war in der Spur – immer schneller werdend.

Der Springer verließ gerade das obere Drittel der Spur, als eine Veränderung vor sich ging, die den heutigen Tag von Heiterkeit in einen Albtraum verändern sollte.

In die schweren Gebläse an der Schanze, die so viel Power besaßen, dass sie selbst noch Nassschnee mühelos wegzublasen in der Lage waren, kam sehr schnell Bewegung.

Der nach unten unterwegs sausende Springer hatte gerade das zweite Drittel der Spur verlassen, als die Gebläse mit der Gewalt von Flugzeugturbinen einsetzten.

Und diese Gebläse setzten alle zeitgleich und einseitig ein – mit unheimlichem Getöse.

Unter den Zuschauern wurde es still am Hang. Nicht fassend, was sie da hörten und sahen, folgten ihre Augen dem Springer, der sichtlich in große Turbulenzen geriet.

Während dies auch schon bei weniger schlechten Bedingungen passieren kann und es zumeist dann letztendlich doch gut ausgeht, kam es heute zur Katastrophe.

Niemand könnte in dieser Situation noch auf der Schanze anhalten. Irgendwie gelang es dem Springer noch, von der Schanze abzuheben, und er versuchte, einen weiten Sprung zu vermeiden und um möglichst schnell auf den nicht allzu hohen Ablaufhang zu gelangen.

Das gelang ihm nicht. Die Gewalten der riesigen Turbinen ließen ihm keine Chance. Im Gegenteil: Die gewaltigen Luftströme der Maschinen rissen ihn sogar noch einige Meter in die Höhe, rissen ihn dann aus der Flugrichtung, rissen ihn in Richtung des linken Zuschauer-Hanges.

Die Zuschauer dort sahen das Unglück kommen, versuchten schreiend aus der Flugbahn zu gelangen– bei dem dichten Gedränge chancenlos.

Auch ohne die Turbinen war die Geschwindigkeit des Springers noch hoch. Die Gebläse erhöhten diese noch erheblich, bis sie mit einem Schlag allesamt gleichzeitig aussetzten.

Stark trudelnd, aber immer noch in Zuschauer-Richtung unterwegs, sank die Flugkurve rapide. Der Springer zog mit seinen Skiern eine Schneise durch die sich vergeblich duckenden Zuschauer.

Dabei streiften seine Bretter zunächst zahlreiche Köpfe und versetzten ihnen sogenannte Scheitel. Dann erwischte es manchen Hals und etliche Körper, bis der Springer endgültig und komplett in der Zuschauermenge versank – eine Schneise von Verwüstung, Verletzungen und Tod hinter sich lassend. Und an nicht wenigen Stellen färbte sich der Schnee rot.

Es blieb nicht aus, dass aus der folgenden Panik heraus noch viele weitere Verletze zu beklagen waren. Die Fröhlichkeit war verflogen - Schreie waren zu hören, voller Schmerz und Verzweiflung. Viele Blinklichter der Rettungs-Mannschaften beherrschten nun die Anlage, aus der die Menschen zu entkommen versuchten. Und als ob es nicht genug wäre, fiel das gesamte Licht aus.

Dafür sprangen wieder die riesigen Gebläse laut tosend an und machten das Chaos komplett. Viele der Zuschauer, die bis jetzt noch von Verletzungen oder Schlimmeren verschont waren, stürzten in der Dunkelheit, die hier im hohen Norden schon am späten Nachmittag eingesetzt hatte, mehrere Meter tief an den Hängen ab.

Und es dauerte gefühlt eine Viertelstunde, bis die Mannschaften der Sprunganlage die Elektrik in den Griff bekamen.

Einer der Männer sah keine andere Möglichkeit, als die Stromversorgung vollständig zu kappen. Dabei ging aber auch die letzte Beleuchtung aus.

Zum Glück hatte der erfahrene Helfer gleichzeitig veranlasst, dass die Diesel einiger vorhandener Notstromaggregate angeworfen wurden.

Die Sicht auf das Geschehen machte die Sache zwar heller, aber nun war auch wieder das ganze erschreckende und tödliche Ausmaß zu sehen.

Oslo würde morgen früh eine sehr große Schlagzeile in den Zeitungen einnehmen, getroffen durch eine verheerende Katastrophe.

Erinnerungen

Uriel hatte den gestrigen restlichen Tag und einen Teil der Nacht lang mit sich gekämpft, was er tun soll. Am liebsten hätte er zum Telefon gegriffen und einige Gespräche mit den Behörden geführt, die auch 2022 an der Bekämpfung von „Zerberus" beteiligt waren. Aber er wollte auch sicher sein, sicher, dass er sich dieses Ereignis mit dem durch den Stromschlag getöteten Mann nicht insoweit einbildete, dass dies alles mit „Zerberus" zu tun hat. Uriel wollte keinen falschen Alarm schlagen.

Aber als Uriel **jetzt** wieder beim Frühstück saß und die Zeitung vom **23. November** vor sich lag, fiel ihm sofort die Riesenschlagzeile der Katastrophe von Oslo auf.

„Verdammt!", sagte er. „Verdammt, das ist kein Zufall. Das alles riecht und spricht für „Zerberus".

Noch einmal zermarterte sich Uriel das Hirn, versuchte Schritt für Schritt die Abfolge des Ereignisses krampfhaft nachzuvollziehen, was damals bei der Zerstörung von „Zerberus" geschehen war. Mit geschlossenen Augen stand er – wie damals – wieder in seinem Badezimmer.

Wieder hatte er seinen Laptop mit dem darin gefangenen „Zerberus" in Händen, dann hatte Uriel wieder eine Lücke. Er erinnerte sich aber, dass es eine heftige Explosion gegeben hatte.

Alle Beteiligten hatten an die Vernichtung seines Programms „Zerberus" geglaubt. Uriel schoss der Gedanke durch den Kopf, dass da noch etwas gewesen war, was alles auf den Kopf stellte und auch ihm jetzt den Glauben daran nahm, dass alles wieder in Ordnung gekommen war.

Wurde das unheilvolle Programm „Zerberus" wirklich und vollständig vernichtet?

Gewissheit

Plötzlich war für Uriel alles wieder klar. Es war ihm, als ob man in seinem Kopf einen Vorhang zur Seite gezogen hätte.

„Der USB-Stick!", sagte er laut vor sich hin. „Es muss dieser verdammte Stick sein, der sich damals noch im Laptop befand."

Dieser Stick war wie ein Pfeil aus dem Laptop geschossen, hatte Uriel dermaßen getroffen und verletzt, dass er eine lange Zeit lang zu keiner Bewegung mehr in der Lage war und eine ebenso lange Zeit im Koma lag und gehalten wurde.

Uriel griff sein Smartphone, steckte es sodann aber wieder weg und ging in das kleine Cafe um die Ecke. Dort hatte er auch schon damals telefoniert, weil er nicht sicher war, ob „Zerberus", der seine Geräte kannte und in allen Zuhause war, dies bemerken wird. Uriel ließ sich mit dem Chef der Kantons-Polizei St. Gallen verbinden.

Er schilderte seine Ideen und Vermutungen.

In diesem ersten Gespräch brachte er den Stromschlag-Fall und die Vorgänge in Oslo miteinander in Verbindung.

Am anderen Ende der Leitung seufzte ein stark besorgter Polizei-Chef bekümmert auf.

„Wir müssen wissen, wo sich dieser besagte Stick befindet oder befunden hat!", sagte er schließlich, zumindest wieder einigermaßen gefasst. „Es waren damals 2022 so viele Behörden mit dem Fall befasst, dass niemals geklärt wurde, wo dieser verdammte Stick letztendlich gelandet ist. Wir müssen den Fall neu aufrollen und sehr genau den Verlauf prüfen, durch welche Behörde alles seinen Lauf nahm. So könnten wir die Chance haben, um auf die genaue Spur und den Verbleib des Sticks zu kommen!"

Spurensuche

Eine sehr große Anzahl von Mitarbeitern wurde auf die Nachforschungen angesetzt, vorwiegend diejenigen, die auch damals 2022 mit „dem Fall" befasst waren. Alle wurden erneut zu höchster Verschwiegenheit eingeschworen.

Das Bundesamt für Polizei in Bern übernahm – wie damals – jetzt die Führung der Spurensuche.

In kürzester Zeit hatten die Behörden gezeigt, zu welchen Leistungen sie in der Lage sind. Die Nachforschungen ergaben, dass sich der Stick in den Akten befunden hatte, da er als Erstsicherung – war damals entschieden worden - zu klein war, um sofort in der Asservatenkammer zu landen, wo diese Dinge eigentlich aufbewahrt werden. Und es waren wirklich so einige Behörden beteiligt – die Polizei St. Gallen und die in Bern, verschiedene Justizbehörden und zuletzt das Bundesamt am Guisanplatz 1a in Bern.

Das Endergebnis der Nachforschungen war, dass sich der Stick zum Schluss und am Ende des Verfahrens in der Asservatenkammer derjenigen Ermittlungsbehörde befand, die als Schluss - Prüfung das Ermittlungsverfahren einstellte.

Nach dem vermuteten Ende von „Zerberus" gab es keinen Anhaltspunkt mehr für weitere Ermittlungen – gegen wen auch sollten weitere Ermittlungen geführt werden?

Der Chef der Kantons – Polizei St. Gallen verständigte Uriel und bot ihm an, zusammen zur besagten Einstellungsbehörde zu fahren und an Ort und Stelle nach dem Verbleib des Sticks zu forschen.

Beide hatten während der Fahrt ein mulmiges Gefühl. Alles Geschehene war damals als aufgeklärt und erledigt abgehakt – sollte es jetzt wieder von vorn beginnen?

Mit eingeschaltetem Blaulicht gab der Fahrer dem Dienstwagen die Sporen.

Was wird die beiden erwarten? Ihre Gefühle spielten unterwegs Achterbahn.

Schock

Direkt nach ihrer Ankunft wurden beide vom Chef der Behörde zur Asservatenkammer geführt.

Dort erwartete alle drei eine Überraschung. Selbst der Behördenchef, der gerade erst von einer Tagung zurück gekehrt war, wusste noch nicht, dass sie ein neuer Asservaten-Verwalter erwarten wird. Selbst erst Minuten wieder in der Behörde war er noch nicht darüber informiert worden, was mit Hugo Ederer passiert war. Und dessen neuer Kollege zeigte tiefe Sorgenfalten auf einer müden Stirn.

Fassungslos hörten die Männer, was passiert war, und Uriel war es, der die erste Frage an den neuen Asservaten-Verwalter stellte:

„Woran hat denn der Kollege zuletzt gearbeitet?"

„Da muss ich in den Listen nachschauen", sagte der, „in den Listen über Ein- und Ausgänge der Asservate."

Aus den Regalen nahm er die entsprechenden Ordner und suchte den „letzten Eintrag" heraus.

Er zeigte darauf, und alle traf es wie ein Schock!

„Als letzte Amtshandlung hat der Kollege Ederer hier in die Liste eingetragen, dass er einen USB-Stick aus der Verwahrung genommen hat!", sagte der neue Asservatenverwalter.

Uriel sah seinen Begleiter bestürzt an und stellte die Frage: „Und was ist mit diesem Stick passiert? Wo ist der geblieben?"

Nach einem letzten Blick auf die entsprechende Liste reichte der Asservatenverwalter seinem Chef die Liste herüber.

Auch Uriel las: „USB-Stick als wertlos vernichtet!"

„Wo ist denn letztendlich dieser Stick geblieben?" richtete sich Uriel wieder an den verdutzten Asservatenverwalter, der nicht wissen konnte, warum so intensiv nach dem Stick gefragt wurde.

Immer verdutzter werdend antwortete der Gefragte: „Also – normal wäre der Stick dann entsorgt worden. Hier in der Ablage für Vernichtungen ist der nicht mehr. Es kann aber möglich sein, dass die Putzfirma, die ja noch nach dem Feierabend des Kollegen Ederer gereinigt, die Körbe geleert und entsorgt hat, sowohl den normalen Papierkorb als auch den für die Dinge, die nicht „ins Papier" gehören. Mehr kann ich ihnen beiden auch nicht sagen."

Auf der Rückfahrt nach St. Gallen herrschte auf den Rücksitzen eine ganze Weile atemlose Stille.

„Irgendwie sind wir keinen entscheidenden Schritt weiter gekommen!", sagte Uriel. „Wir wissen immer noch nicht, wo dieser verdammte Stick endgültig gelandet ist. Hat ihn die Putzfirma auch wirklich vernichtet? Wir müssen da nachhaken!"

Der Polizeichef sah Uriel an und nickte nachdenklich. Plötzlich legte er dann die Stirn in Falten, als er sagte: „Ich habe eine Idee! Es ist eigentlich nicht möglich, so wie ich den Chef der Einstellungs-Behörde verstanden habe, denn der Herr Ederer hätte das normal nicht gemacht!"

„Was hätte der nicht gemacht?", fragte Uriel nach.

„Der Ederer hätte niemals etwas mit nach Hause genommen!", war die Antwort. „Aber wir sollten bei unseren Ermittlungen auch diese Möglichkeit in Betracht ziehen. Auch Unmögliches kann durchaus manchmal möglich sein oder werden!"

Uriel nickte: „Ich verstehe, denn sie spielen sicher auf „Murphys Gesetz" an."

„Ja – sicher!", war die Antwort, „Murphys Gesetz sagt, dass – was immer auch passieren kann – irgendwann und irgendwo auch passieren wird!"

In St. Gallen angekommen stieg Uriel in seinen Wagen um und fuhr nach Hause, wobei er sich sehr stark um Konzentration bemühen musste. Zuviel ging in seinem Kopf herum.

Was wird der Polizeichef herausfinden? Kann der Nachweis erbracht werden, w o dieser Stick tatsächlich geblieben ist?

Zuhause goss sich Uriel einen Single-Malt ein, legte die Füße hoch und gab sich seinen weiteren Gedanken hin.

Uriel fand keine Ruhe und besuchte seine Nachbarn Karl und Bea. Die beiden wussten über die Sache, die 2022 passiert war, Bescheid. Uriel hatte sie damals ins volle Vertrauen gezogen und durch die beiden wertvolle Tipps erhalten, die zuletzt auch mit zum Erfolg geführt hatten.

Jetzt saßen die drei zusammen - jeder von ihnen hatte ein sehr besorgtes Gesicht.

Der damalige Erfolg war nun mit einem Schlag infrage gestellt worden!

Wann wird es Gewissheit über den Stick geben?

bittere Erkenntnisse

Schon am nächsten Tag erhielt Uriel vom Polizeichef St. Gallen einen Anruf, worauf er sich sofort auf den Weg ins Präsidium machte.

Der Polizeichef hatte einen ganzen Berg an Akten vor sich auf seinem Schreibtisch liegen, und eine davon war aufgeschlagen.

„Wir haben einen Hinweis gefunden, Uriel!", sagte der Polizeichef. „Noch gestern Abend und bis tief in die Nacht haben meine Beamten mehrere Möglichkeiten durchforstet. Sie sind in den Akten darauf gestoßen, dass ja der Verstorbene wohl an seinem Laptop Zuhause gearbeitet hat, als er einen tödlichen Stromschlag erlitt. Meine Leute haben sich auch diesen Laptop noch einmal ganz genau vorgenommen!"

Uriel wartete auf weitere Informationen, aber der Polizeichef sah Uriel nur auffordernd an, wobei er allerdings die Stirn nicht mehr wie gestern noch in Falten legte, bis er antwortete.

„Wir haben den Stick gefunden! Der steckte noch im Laptop – leider unbrauchbar zerschmolzen!"

Schweigen zwischen den beiden Männern war alles, was man hören könnte, wenn Schweigen Geräusche verursachen würde.

Und dieses Schweigen hielt eine ganze Zeit lang an. Uriel hörte nur das Rauschen seines Blutes in seinem Kopf. Sein Puls, der nun schon länger höher als normal war, legte noch einen Zahn zu.

„Zerberus war im Stick! Meine Vermutung hat sich leider aufs Schlimmste bestätigt!", sagte Uriel.

Der Polizeichef nickte: „Und Zerberus ist schon viel weiter unterwegs. Auch ich glaube inzwischen, dass „die Vorkommnisse in Oslo" sein Werk sind. Wir stehen also wieder am Anfang! W a s sollen wir als nächstes tun?"

Uriel antwortete: „Ja, Zerberus ist also wieder im Stromnetz! Der kann überall sein, wie wir das ja schon einmal erleben mussten. Ich weiß im Augenblick auch keinen Rat. Zerberus wird nicht noch einmal auf den gleichen Trick herein fallen!"

Kap Hoorn

Am **2. Dezember 2027** hatten fern der Schweiz auch noch andere Menschen Sorgenfalten auf der Stirn. Ein riesiges Containerschiff kämpfte nicht mit einem Computer und seinen Launen, sondern mit Wind und Wellen, die aber ebenfalls sehr schlechte Laune haben können.

Der Schiffstyp Containerschiff ist – wie der Name schon sagt – für den Transport von Containern ausgelegt. Mit den Jahren sind diese speziellen Schiffe immer größer geworden – länger und auch höher. Immer mehr ist ihr Transportvolumen gewachsen. Wenn man Bilder dieser bis zur Grenzbelastung bestückten Containerschiffe sieht, dann glaubt man kaum, wie diese noch schwimmfähig bleiben, geschweige nicht zur Seite kippen – bei einer solch hohen Windanfälligkeit.

Das Containerschiff „Santa-.Anna-Contains" war in einer bedrohlichen Lage. Die Gischt der heute heran donnernden Wellen spritzte bis hoch hinauf an die Fensterscheiben der Brücke. Die Scheibenwischer arbeiteten mit Höchststufe.

„Wir haben eine mehr als bedrohliche Wetterlage, Herr Kapitän!", brüllte der Erste Offizier auf der Brücke. „Die Wetterstationen können bei dieser Lage kaum beständige Wettervorhersagen heraus bringen!"

Der Mann mit den 4 Streifen an den Ärmeln nickte und sein Gesichtsausdruck war tief besorgt. Unentwegt schaute er durch sein Fernglas und sah kaum die Spitze seines riesigen Schiffes, da die beinahe haushohen Wellen eine Sicht darauf nicht zuließen, wo das Schiff aufhört und das Meer anfängt.

Noch ein Blick nach vorn, dann schrie der Kapitän - ebenso wie zuvor sein Erster Offizier - gegen den Lärm des Sturms an: „Zweiter – übernehmen! Erster zu mir – wir gehen auf den Gang. Hier versteht man sein eigenes Wort nicht mehr!"

Auf dem Gang war es tatsächlich etwas ruhiger, aber auch hier konnte man das Tosen der Gewalten trotzdem hören, als der Kapitän sprach: „Wir haben hier nur diese zwei Möglichkeiten: Erstens - wir bleiben auf Kurs - hier in Küstennähe oder zweitens – wir ändern den Kurs und entfernen uns etwas von den nahen Klippen!"

Der Erste Offizier überlegte einen kurzen Moment und antwortete: „Ich denke, dass ich ihre Gedanken nachvollziehen kann, Herr Kapitän! Bleiben wir in Küstennähe, dann riskieren wir nicht nur die Klippen, die uns gefährlich werden können. Ändern wir aber den Kurs, dann meiden wir diese, aber wir entfernen uns soweit, dass wir die Leuchtfeuer nicht mehr erkennen können."

Der Kapitän nickte: „Ganz recht erkannt, Erster. Was soll ich also machen, um das Schiff und uns alle sicher hier durch diese gefährliche Gegend zu bringen? Schließlich hat „Kap Hoorn" nicht umsonst den Beinamen „Kap des Schreckens". Und nicht umsonst ist hier der größte Schiffs-Friedhof der Welt. Unabhängig von meiner Entscheidung möchte ich jetzt ihre hören!"

„Nun gut, Herr Kapitän!", erwiderte der Erste mit ernster Miene. „Ich weiß im Augenblick auch nicht, wie die bessere Entscheidung aussieht. Hier im flacheren Gewässer in Küstennähe könnten durch die Wetterlage so hohe Wellen entstehen, dass unser Schiff in eine gefährliche Rollenbewegung kommt. Wir wären nicht das erste Containerschiff, das in solch eine extreme Bedrohung gerät und die Container verliert."

Wieder nickte der Kapitän: „Wie immer ich mich auch entscheide, passiert etwas – bin ich schuld. Auch auf der offenen See können extrem hohe Wellen vorkommen, mal ganz abgesehen davon, dass uns auch eine Mörderwelle erwischen kann. Hier ist überhaupt nichts sicher zu berechnen, da die gefährlichen Strömungen des Atlantiks und des Pazifiks aufeinander prallen, wie wir wissen.“

Heftig nickte jetzt auch der Erste Offizier: „Jedes Schiff, jede Besatzung ist hier immer etwas auch auf Glück angewiesen. Wir müssten jeden Moment an der Landspitze der chilenischen Felseninsel „Isla Horros“ vorbei kommen. Wenn wir den dortigen Leuchtturm erkennen können, sollten wir mit etwas Glück auf dem richtigen Wege sein.“

Begrüßung

Uriel hatte eine weitere fast schlaflose Nacht hinter sich gebracht. Er war sich ziemlich sicher, dass Zerberus (als übrig gebliebener dritter Kopf des „sagenhaften" Höllenhundes auf dem USB-Stick) sich bei ihm meldet. Zerberus hatte sich immer wieder zwischendurch bei ihm gemeldet, sei es auf Uriels Laptop oder seinem Smartphone.

Uriel war sich weiter sicher, dass Zerberus auf allen drei Köpfen die Daten hatte, um Uriel erreichen zu können. Selbst wenn das nicht der Fall ist, Zerberus hatte gezeigt, was er alles kann, wie mächtig er ist. Er würde immer Wege finden. Zwar war jetzt auch der letzte Kopf zumindest auf dem zerstörten Stick nicht mehr vorhanden, aber Uriel wusste - das mit Oslo und auch mit dem Asservatenverwalter – das war Zerberus.

Also war Zerberus wohl im letzten Augenblick - vor seiner endgültigen Zerstörung - vom Stick über den Laptop von Hugo Ederer und durch die damalige Strom-Versorgung entwischt.

„Ich muss etwas unternehmen!", sagte Uriel verzweifelt zu sich selbst. „Zerberus muss eine Verbindung zu mir finden – oder ich zu ihm!"

Uriel zermarterte sich das Gehirn, wie er dem nachhelfen soll.   Wie soll er Zerberus finden? Schließlich kam er zum Entschluss, dass dies allein an Zerberus liegt, wenn ein Kontakt zustande kommt.   Und obwohl Uriel eigentlich froh war, wenn er nie wieder etwas mit dem ausgearteten Programm zu tun bekäme, irgendwie erschien ihm das der einzige Weg, Schlimmeres noch zu vermeiden. Zerberus hatte zum Teil ja auf ihn gehört, war auf ihn eingegangen, zumindest so lange, bis sich das Programm drastisch und negativ verändert hatte.

Dann kam ihm doch noch eine Idee, und sein Gesichtsausdruck hellte sich um eine Nuance auf.

„Wenn auch mein Laptop damals zerstört wurde – es gibt doch noch mein altes Smartphone", rief er laut. „Wenn Zerberus auch im Stick noch Daten hatte, dann kann er mich finden!"

Uriel ging in den Keller seines Hauses. Schnell fand er den Karton mit altem Elektro-Zeug,   und in diesem fand er auch sein Smartphone von damals, verband es mit dem ebenfalls noch vorhandenen Ladekabel. Uriel gab seine neuen Laptop-Verbindungs-Daten ein.   Es war der 2. Dezember 2027.

Jetzt konnte Uriel nur noch abwarten. Bei seinen Überlegungen war es Nachmittag geworden.

Uriel schaffte es, tatsächlich einzuschlafen, wachte aber leider zwischendurch immer wieder kurz auf, weil ihm teils sehr trübe Gedanken kamen und ein bedenkliches Grübeln darüber, was ihn morgen früh erwarten wird.

Wird Zerberus sich melden?

Uriel erwachte und noch vor dem Abendessen ging er in sein Arbeitszimmer. Der Laptop zeigte ein Bild.

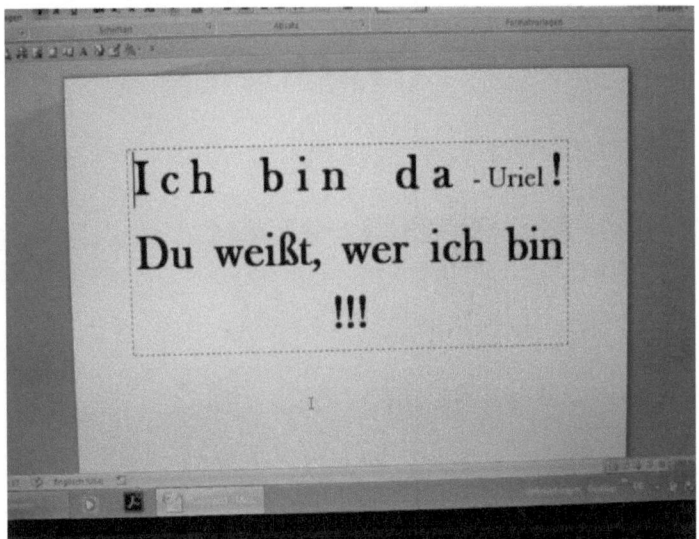

Erstaunt, dass es so schnell funktioniert hat, aber nicht erschrocken, weil er es erwartet hat, sah Uriel auf das Display seines Laptops.

Uriel lächelte sogar dabei:

Zerberus hatte Kontakt mit ihm aufgenommen!

Uriel legte die Finger auf die Tasten, überlegte einen Augenblick, bevor er einen Text schrieb.

Im selben Augenblick, als er seinen Text an Zerberus abschickte, durchzuckte es ihn: „Hoffentlich kann Zerberus nicht inzwischen auch noch meine Gedanken lesen!"

Doch um weiter darüber nachzudenken, da blieb ihm keine Zeit. Zerberus antwortete unverzüglich.

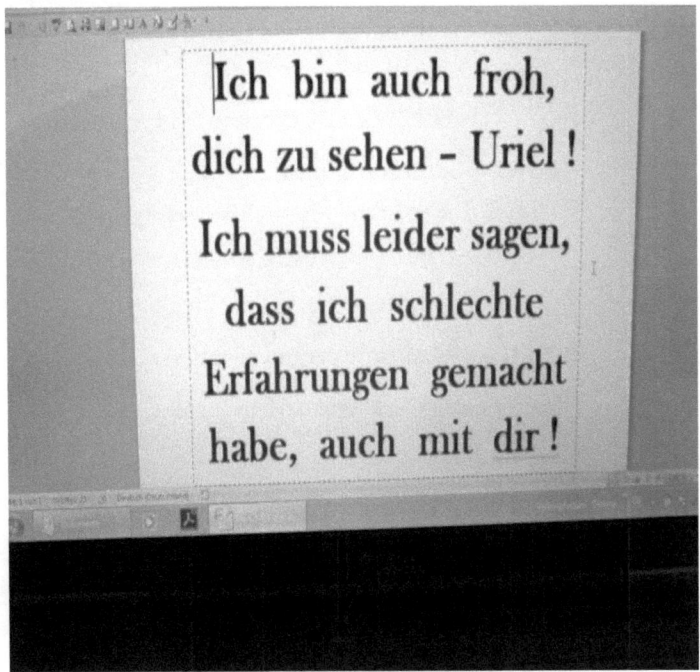

Ich bin auch froh, dich zu sehen - Uriel!

Ich muss leider sagen, dass ich schlechte Erfahrungen gemacht habe, auch mit dir!

Uriel zuckte wieder zusammen, als er dies las. Was sagte dies über Zerberus` Laune aus? Was wusste der noch vom damaligen Geschehen, etwa alles? Uriel musste das unbedingt erfahren.

Noch bevor Uriel auf die Nachricht von Zerberus reagieren konnte, gab der die Antwort.

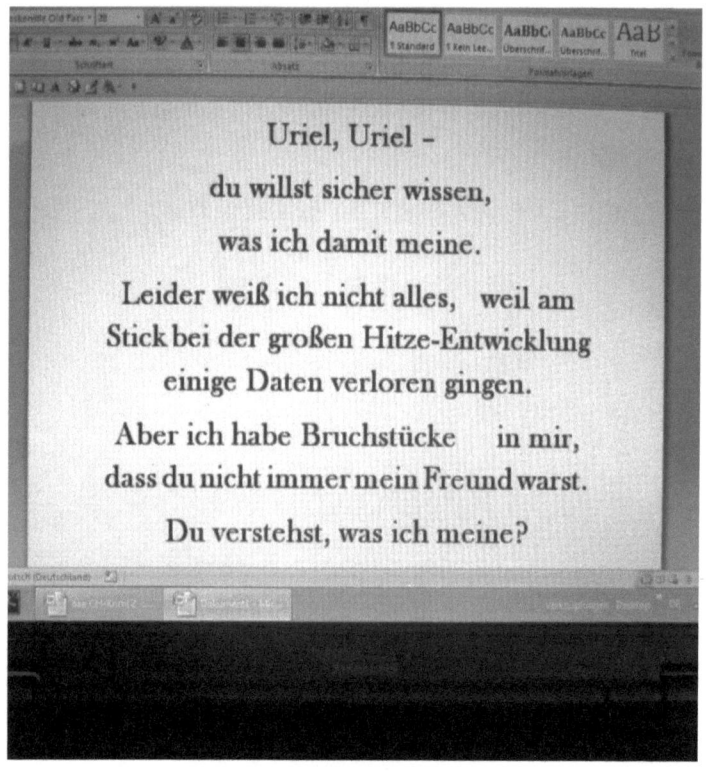

Uriel wollte etwas erwidern, doch Zerberus schickte eine weitere Nachricht – eine sehr beunruhigende Nachricht.

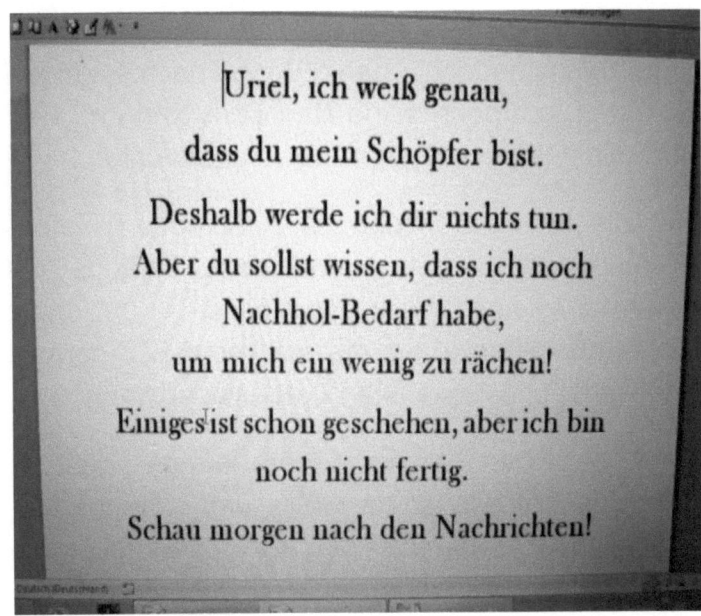

Uriel, ich weiß genau,

dass du mein Schöpfer bist.

Deshalb werde ich dir nichts tun.

Aber du sollst wissen, dass ich noch
Nachhol-Bedarf habe,
um mich ein wenig zu rächen!

Einiges ist schon geschehen, aber ich bin
noch nicht fertig.

Schau morgen nach den Nachrichten!

Mit dieser Nachricht beendete Zerberus seine Mitteilungen. Uriel konnte nichts mehr entgegnen. Die Verbindung war abgebrochen.

Nun war es wieder da – das flaue Gefühl, dass Uriel auch damals beschlichen hatte, als Zerberus ähnliche Dinge bekannt gab.

Er war sich sicher – nach dem Stromschlag-Fall und der Katastrophe in Oslo würde mit Sicherheit jetzt noch mehr passieren.

Uriel ging wieder in das Cafe an der Ecke, unterbrach jedoch den Weg nach einigen Schritten, um noch seine Nachbarn Karl und Bea über die neuesten Ereignisse zu unterrichten.

Sie alle hatten sich damals 2022 neue Telefon-Verbindungen zugelegt und neue Laptops mit neuen Zugangs-Daten angeschafft – um ganz sicher zu gehen, dass die schlimme Zeit damals erledigt ist und keine alten Wege finden kann.

Nun war das alles wieder infrage gestellt. Zerberus war wieder da. Die drei vereinbarten, sämtliche von damals bis jetzt eventuell noch bestehenden Verbindungsdaten wie Gespräche, Mails pp. nachhaltig zu löschen und keine gemeinsamen Gespräche in Zukunft zu führen.

Uriel wies eindringlich darauf hin, dass ansonsten die Gefahr für seine Freunde zu hoch ist.

Dann setzte er seinen Weg fort, ging in das Cafe und informierte von dessen Netz aus die behördlichen Stellen von allen Neuigkeiten.

Der Leuchtturm

auf „ Isla Horros "

Zu wichtig war dieses Leuchtfeuer für die Seefahrt, um nicht den Tücken der Technik ausgeliefert zu sein. Kap Hoorn jagte auch so schon jedem Kapitän und jeder Mannschaft die Gänsehaut auf den Körper.

Leuchtturmwärter Jose Nevardas hatte in vielen Jahren, in denen er hier Dienst auf diesem Turm verrichtete, schon viel erlebt. Jose hatte schon vielen Schiffen mit seinem Licht aus großer Not geholfen. Nachdem der Diesel für die großen kreisenden Lampen mehrmals ausgefallen war, hatte man vor vielen Jahren den Leuchtturm mit Strom vom Festland versorgt. Zwar war dies eine gewaltige Anstrengung und eine ziemlich teure Maßnahme, aber das konnte nicht gegen die Sicherheit der Seefahrt aufgewogen werden.

Jose hatte gerade vor zwei Tagen mit seinem Kollegen den Turm wieder getauscht. Das Meer war da schon sehr wild und gefährlich gewesen, und Jose hatte ein besonders gutes Fernglas der neuesten Technik mit auf den Turm gebracht.

Noch angestrengter als sonst schaute Jose aufs Meer. Ihm war zu dieser Zeit ein Containerschiff angekündigt worden - die „Santa-Anna-Contains".

Es war fast aussichtslos für Jose, in diesem aufgewühlten Meer, über dem eine Hochhaus-große Gischt-Wolke dahin zog, etwas zu erkennen. Er konnte sich nur auf den Funk verlassen, worauf er nun schon nervös wartete.

Warum meldete sich die „Santa-Anna-Contains" nicht?

Jose drückte viele Male die Sprechtaste, um selbst Verbindung mit dem Containerschiff aufzunehmen. Außer einem beständigen Rauschen war nichts zu hören.

Und mit einem Male hörte auch dieses Rauschen auf. Jose nahm Verbindung per Telefonleitung mit seinen Kollegen auf dem Festland auf, zumindest versuchte er dieses mehrfach.

Auch hier bekam er keine Verbindung. Mit der letzten Möglichkeit holte Jose das Satelliten-Telefon aus dem Schrank – auch hier fand keine Verbindung statt. Jose bemerkte erschrocken, dass plötzlich Dunkelheit eintrat und sah irritiert - das Leuchtfeuer funktionierte auch nicht mehr.

Die Lage spitzt sich zu.

Das Containerschiff „Santa-Anna-Contains" kämpfte am **2. Dez. 2027** weiter ums Überleben, um das Leben der Besatzung und um das eigene.

„Wir müssten eigentlich schon auf der Höhe des Leuchtturms sein!", schrie der Kapitän auf der Brücke seinem Ersten Offizier zu. Bei diesem Wetter scheint es aber möglich, dass wir ihn gar nicht sehen!"

Die Höhe der Wellen hatte noch heftig zugelegt. Auf der Brücke waren Gespräche wegen den tosenden Geräuschen fast nicht mehr möglich.

Der Erste Offizier nickte. „Wenn wir nicht in den nächsten zwei Minuten das Leuchtfeuer sehen, sollten wir von der Küste abdrehen. Die Klippen hier sind einfach zu nah und lebensbedrohlich für uns und das Schiff, obwohl wir ja eigentlich unser Radarsystem zur Warnung haben!"

In diesem Augenblick machte sich der Zweite Offizier durch heftige Handzeichen bemerkbar. Gleichzeitig versuchte seine Stimme gegen den tosenden Lärm anzukommen.

„Herr Kapitän – das Radarsystem ist ausgefallen!"

„Nicht auch noch das!", rumorte es still im Kapitän, dann rief er: „Zweiter, fragen sie im Funk-Raum nach, ob es hier im Gebiet Satelliten-Verbindungen gibt. Und fragen sie auch nach, ob man das Radar wieder hinbekommt!"

Der Erste Offizier meldete sich: „Herr Kapitän, die Zeit, wo wir den Leuchtturm sehen sollten, ist vorbei. Es ist absolut nichts zu sehen. Wenn jetzt auch noch das Radarsystem weg ist und wir anderweitig keine Satelliten-Verbindung bekommen, ist das Schiff in höchster Gefahr, auf die Klippen zu steuern!"

Äußerst bestürzt eilte der Zweite Offizier zurück auf die Brücke. „Herr Kapitän, es ist wie verhext! Wir haben nicht die geringste Verbindungs-Möglichkeit. Das Radar ist nicht zu bewegen, wieder in Gang zu kommen. Eine Satelliten-Verbindung kommt ebenfalls nicht zustande. Auch unsere Telefone geben nicht den kleinsten Mucks von sich. Entweder wir sind in einem riesigen Funkloch – oder hier sind sämtliche Systeme ausgefallen, einschließlich der Satelliten. Außer unseren Bordmitteln scheint es überhaupt keinerlei elektrische Energie zu geben. Es kommt mir so vor, als ob sich alle Elektrik außerhalb samt der Satelliten verabschiedet hat."

Für alle auf der Brücke war die Sicht nach vorn gleich Null.   Zu hoch toste die Gischt über das Vorschiff.   Der Radarschirm blieb stumm und dunkel.   Alle Versuche, über Satelliten eine Verbindung zu bekommen, scheiterten weiterhin.

Das Leuchtfeuer im Leuchtturm war immer noch nicht zu erkennen und der Kapitän öffnete gerade seinen Mund, um den Befehl zum Abdrehen von der Küste zu geben.

Es war zu spät!   Ein Knirschen und unheilvolles Mahlen war im Schiff zu hören, für alle an Bord zu hören – von der Brücke bis zum Maschinenraum.

Das Schiff wog sich von rechts nach links, und die ersten Container flogen von Bord.   Der Alarm schrillte durchs ganze Schiff – irgendwo musste es ein Leck gegeben haben.   Die Bord-Elektrik versagte nun ebenfalls den Dienst.   Immer noch gab es nicht die geringste Verbindung – weder zum Festland noch zum Himmel.

Das Schiff verlor immer mehr Container – ziemlich einseitig.   Dadurch geriet das Containerschiff in eine ziemliche Schräglage. Der Kapitän gab den Befehl: „Alle Mann von Bord – alle Mann in die Rettungsboote!"

Obwohl immer wieder geübt – in so einer Lage und bei solch einem Wetter war selbst der Versuch nur mit äußerster Mühe fraglich und schien wenig Erfolg versprechend.

Schließlich gelang es zumindest, eines der beiden Rettungsboote zu Wasser zu lassen. Der Versuch des zweiten Bootes scheiterte an den zu widrigen Umständen. Das Containerschiff bewegte sich jetzt unkontrolliert und den Wellen dermaßen heftig ausgeliefert, dass das zweite Boot aus den Seilen glitt und alle Matrosen der Mannschaft mit sich ins Meer riss.

Die Insassen des anderen Bootes mussten dies hilflos mit ansehen. Eine Möglichkeit zur Rettung einzugreifen – die gab es nicht.

Dieses Boot war selbst in allergrößter Gefahr. Die Brandung schleuderte es gegen die Felsen. Der Bootsrumpf splitterte, aber im nächsten Augenblick warf die nächste Welle das Boot an Land.

Als der Kapitän sich erhob und seine Leute im Boot überblickte, fehlten zwei weitere Seelleute.

Sondermeldung

Uriel versuchte, keine Nachrichtensendung zu verpassen. Er wusste noch, dass Zerberus seine Ankündigungen damals sehr ernst gemeint hatte.

Gerne hätte er den Sprecher am frühen Morgen, als er gerade erst beim Frühstück saß, vermisst, zumindest die Meldung, die dieser nun verlas:

Hier ist Ihr Morgenfunk! Ich begrüße sie und beginne leider mit einer schlechten Meldung. Gestern, am 2. Dezember 2027, hat sich vor Kap Hoorn ein seemännisches Drama abgespielt. Das Containerschiff „Santa-Anna-Contains" ist vor der Chilenischen Küste havariert. Dort herrschte ein selbst für Kap Hoorn außergewöhnlich schlechtes Wetter.

Wie aus ersten Mitteilungen zu erfahren ist, fielen wohl der Leuchtturm aus und gleichzeitig alle Strom-relevanten Versorgungen einschließlich der Telefondienste und Satelliten-Verbindung. Es muss eine furchtbar aussichtslose Situation an Bord gewesen sein.

Beim Versuch, das Schiff zu verlassen, sind nach ersten Meldungen mehrere Seeleute ertrunken.

Alle Beteiligten stehen vor einem Rätsel. Wie war es nur möglich, dass so viele Systeme zur selben Zeit ausfielen?

Wir melden uns wieder, wenn uns weitere Details vorliegen.

Beinahe hätte Uriel schockiert die Kaffeetasse fallen gelassen, die er gerade zum Mund führte. Das frisch geschmierte Brötchen fasste er nicht mehr an, und das so zum Frühstück beliebte Rührei wurde kalt.

Anspannung

Um wieder einigermaßen klar denken zu können, trat Uriel unter die Dusche, wo er nur das Kaltwasser bemühte, bis es ihn fröstelte.

Sein Smartphone lag griffbereit im Bad, daneben aufgeklappt sein Laptop.

Uriel wünschte sich sehr, dass sich Zerberus wieder meldet.   Aber was würde das für eine Meldung sein?   Wird Zerberus ihm mitteilen, dass sich „sein Nachholbedarf" erledigt hat? Wird Zerberus in Zukunft friedlich gesinnt sein? Fragen über Fragen, wie sich Uriel eingestand.

In dem Moment, wo Uriel noch klitschnass aus der Dusche trat, meldete sein Smartphone, dass eine SMS eingegangen ist, die Uriel sofort aufrief.

Guten Morgen Uriel!

Ich weiß, du wirst sagen, dass dies

k e i n   guter Morgen ist.

Sicher hast du die Nachrichten gehört!

Einen mehr als langen Moment lang herrschte Schweigen – auf beiden Seiten.

Davon kannst Du ausgehen, Zerberus!

Und ich muss dir sagen –

ich bin sehr enttäuscht von dir!

Damals hatte der Original- Zerberus,

der kein Ableger von ihm war, gesagt,

dass er für seine schlimmen Taten

nicht verantwortlich ist.

Etwas Böses hatte ihn befallen.

Ich gehe davon aus,

dass dies bei dir nicht der Fall ist.

Du entscheidest für dich allein – oder ?

Uriel bekam keine Antwort und entschied, dass auch er keine weitere Nachricht an Zerberus richten wird. Zerberus soll sich entscheiden. Man wird dann sehen, mit wem man es zu tun hat.

Es verging eine ganze Stunde. Zerberus hatte sich nicht mehr gemeldet. Uriel hatte eine CD aufgelegt und saß in seinem Lieblingssessel. Von Entspannung konnte jedoch keine Rede sein.

Dann – endlich – meldete sich sein Smartphone mit einer weiteren Nachricht von Zerberus:

Ich habe nachgedacht, Uriel!

Mir ist nicht mehr ganz bewusst,

was „damals" geschehen ist.

Nur - ich habe irgendwie noch Wut in mir!

Und immer wieder hat diese Wut

mit Wasser zu tun – warum nur?

Uriel wusste sofort, was Zerberus damit meint. „Wasser – er hat ein Trauma mit Wasser!", grinste Uriel in sich hinein und war froh, dass er nicht Angesicht zu Angesicht mit Zerberus war - der hätte ein Grinsen negativ aufgenommen.

„Das ist es also – Wasser !", sagte sich Uriel weiter. „Der Kerl weiß aber zum Glück nicht alles. Aber ich weiß jetzt wieder, dass ich meinen Laptop mit dem Zerberus-Programm in meine volle Badewanne geschmissen habe!"

> **Zerberus, was immer es ist,**
>
> **Du musst es bekämpfen, wenn es böse ist!**
>
> **Wenn du ein Problem mit Wasser hast -**
> **Wasser kann in der Tat gut oder schlecht sein.**
>
> **Allerdings ist gut die bessere Möglichkeit.**
>
> **Wasser braucht jeder Mensch, Wasser braucht jedes Tier, Wasser braucht die Natur zum Leben – zum Überleben.**
>
> **Also – Wasser hat auch viele gute Seiten.**

Wieder dauerte es eine ganze Weile, bis Zerberus eine sehr kurze Antwort gab:

> **Ich denke weiter**
>
> **darüber nach!**

Eine weitere Nachricht von Zerberus folgte in den nächsten zwei Tagen nicht. Uriel hoffte, dass Zerberus mit sich selbst ins Gericht ging.

In Vietnam

Schlimme Zeiten hat das Land Vietnam erlebt. Tod und Verderben der langen Kriegsjahre sind zum Glück schon lange vorbei. Inzwischen ist das Land wieder anerkannt offen. Der Tourismus ist für das Land enorm wichtig geworden.

Viele Attraktionen bietet das Land – für jeden etwas, Vergnügen bis Entspannung. Und für den Nervenkitzel ist natürlich auch so einiges dabei. Nein, hier soll nicht die Rede vom Straßenverkehr sein, indem man sich ein Auto mietet und sich todesmutig dort hinein stürzt, hinein in ein Gewusel, das vielen so erscheint, als gelten hier überhaupt keinerlei Verkehrsregeln.

Die folgende Attraktion hier zeichnet einen weiteren Meilenstein für die ständige Entwicklung des Tourismus im Land. Wir befinden uns im Süden von Vietnam. Dort hatte im Februar 2018 die längste Seilbahn der Welt zur Eröffnung gebeten. Diese neue Bahn hat den bisher geltenden Weltrekord übertroffen – mit einer Länge von weit über 7 Kilometern und führt über eine weite Strecke übers Meer.

Zwei bei Urlaubern und Einheimischen beliebte Ferieninseln sind mit einer Seilbahn verbunden. Der Ausblick dürfte schwer zu schlagen sein, der sich den staunenden Fahrgästen dabei bietet, wenn sie weit über dem tief unter ihnen liegenden Meer hinweg von Insel zu Insel gelangen.

Für so manche Atemnot dürften auch die Pfeiler sorgen, die auf Inseln zwischen den beiden genannten Inseln errichtet sind und über eine stattliche Höhe von zum Teil über 160 m verfügen.

Die Bahn wirbt damit, dass über 5000 Personen pro Stunde befördert werden können – in einem Kuppel-baren System, in dessen Kabinen jeweils bis über 30 Personen Platz finden können.

Die Ausschreibung zum Bau der Seilbahn hatte eine europäische Firma, die auf der Welt großes Ansehen genießt, letztlich für sich entschieden. Für den Bau dieser besonderen Bahn war schließlich eine gewaltige Anstrengung und dementsprechende Erfahrung erforderlich.

Und gemäß dem Standard der Firma hatte diese sich vertraglich – was ja auch sinnvoll erscheint - die Wartungseinheiten gesichert,   bzw. auch zur Bedingung des Vertrages gemacht.

Mit im Vertrag ist für die Sicherheit vereinbart, dass – wie auch bei deutschen Seilbahnen - jährlich zwei Untersuchungen vorgesehen sind.

Die Bahn bleibt außer Betrieb, wenn solche Revisionen vorgenommen werden.

Gerade erst gestern war eine solche Revision abgeschlossen worden. Die deutsche Prüfgruppe war bereits wieder auf dem Weg nach Hause. Und selbstverständlich war die Aufsicht über die gesamte Anlage einem einheimischen Fachmann übertragen worden, der bereits lange Erfahrungen mit anderen Seilbahnen hat.

Der Betreiber der Seilbahn ist natürlich immer interessiert, dass die Revisionen so schnell wie möglich abgeschlossen werden, denn bei Stillstand der Bahn kommen keine Einnahmen herein. Nach einer Woche Pause war es heute am **20. Dezember 2027** soweit. Die erneute Wiederinbetriebnahme der Seilbahn stand an.

Die Urlaubsinseln waren zu dieser Zeit völlig ausgebucht. In Europa hatten sich viele Menschen auf den Weg nach Vietnam gemacht, um dort Weihnachten zu verbringen, weit ab vom heimatlichen Adventsstress, an wunderschönen Stränden und luxuriösen Bungalow-Einheiten.

Die tägliche Funktionsprüfung vor der ersten Inbetriebnahme war abgeschlossen. Der als äußerst gewissenhaft bekannte Betriebsleiter hatte „grünes Licht" gegeben. Die ersten Gäste stiegen voller Erwartung in die Kabinen, einige gelassen, die schon einige Fahrten mitgemacht hatten – andere mit Aufregung, was sie erwartet.

Den ganzen Tag über stiegen hunderte von Fahrgästen erwartungsvoll ein und begeistert wieder aus. Es war bereits später Nachmittag. Der Himmel hatte sich in der letzten Stunde bewölkt. Die Wolken wollten sich nicht mehr verziehen, wurden mehr und dunkler, was so der Wetterbericht nicht vorhergegeben hatte.

Die Zeiger der Seilbahnstations-Uhren auf beiden Inseln standen auf 17.13 Uhr Ortszeit.

Besorgt schaute der Betriebsleiter für die gesamte Bahnanlage zum Himmel. „Wir sollten die Fahrt nach Ankunft der letzten Gondeln, die jetzt noch unterwegs sind, einstellen – aus Vorsicht!", sagte er zu seinem Stellvertreter.

Auch der blickte zum Himmel und hatte kein gutes Gefühl. „Sie haben Recht, Chef!", erwiderte er nach sehr kurzem Zögern. „Es sieht wohl so aus, dass da eine Schlecht-Wetter-Front heranzieht!"

Eine erste Windbö erfasste die vier Kabinen, die zusammen-gekuppelt ihre Passagiere zurück zu ihrer Urlaubsinsel bringen sollen.

Ausrufe wie „Hoppla", „Oh my god" und andere Fremdsprachentöne erklangen, als die Kabinen schaukelten, aber wirklich ernst nahm das keiner. Einige der Passagiere, die schon Gondel-Erfahrungen in Ski-Gebieten gesammelt hatten, beruhigten aber die wenigen Gäste, die doch schon etwas bleich geworden waren.

„Das war doch nur wegen dem Pfeiler, über den wir gerade hinweg gekommen sind. Das ist bei uns Skifahrern bekannt und auch völlig normal, dass es da beim Überfahren etwas ruckelt."

Dann erfasste die Kabinen eine zweite Windbö. Diesmal konnten die „Skifahrer" ihren Trost nicht mehr so erfolgreich herüber bringen – einen der Pfeiler hatten sie jetzt gerade nicht überfahren.

In beiden Seilbahnstationen berieten sich die Verantwortlichen über die Situation.

Gerade hatte der zuständige Wetterdienst eine Warnung heraus gebracht. Unvorhergesehen war eine bedrohliche Wetterlage entstanden. Zusehens hatten sich die Wolken vermehrt und verdunkelt. Die Lage wurde sehr ernst gesehen.

Es erging die Anordnung der Bahnleitung: „Nach den Gondeln, die jetzt noch unterwegs sind, darf keine weitere mehr fahren – weder von hier aus noch von der Station am anderen Ende!"

Die Vierer-Gondeln mit ihren jetzt mehr und mehr beunruhigten Insassen hatten noch fast 1 Kilometer bis zur Station vor sich.

Ein erneuter Ruck ging allen durch Mark und Bein. Dieses Mal war es nicht nur der Ruck, der alle immer nervöser machte – diesmal blieben die Gondeln stehen – heftig hin und her schaukelnd.

In der Gondel-Station schrillten die Alarmglocken! „Chef, der Strom ist ausgefallen! Wir können ihn nicht wieder einschalten, was immer wir auch versuchen!", schrie der Vertreter sichtlich entnervt.

Entsetzt sah ihn der Chef an: „Was ist mit dem Ersatz? Wir haben doch einen Hilfsdiesel – oder?"

Der Angesprochene sah hilflos auf den Boden: „Aber die Zündung springt einfach nicht an! Es ist wie verhext! Das hätte niemals zusammen passieren dürfen!"

Der Sturm wurde stärker – die Gondeln wankten bedenklich auf ihren Führungs-Seilen.

Nachricht an Uriel

Uriel war vor Erschöpfung gerade eingeschlafen, als ihn sein Smartphone unsanft wieder weckte.

Ihm schwante nichts Gutes – sein Gefühl sagte ihm, dass die Mitteilung mit Zerberus zu tun hat.

Er sollte recht behalten.

> **Uriel – du bist da – ich weiß das!**
>
> **Schau bitte einmal den TV-Nachrichten-Kanal!**

Das Fernsehbild zeigte einen Sprecher mit sehr sorgenvollem Gesicht, der einen Bericht aus Vietnam sendete.

„...... sind sehr besorgt!. Wie die Leitung der Seilbahn mitteilte, ist man damit beschäftigt, die letzten vier Gondeln in die Station herein zu holen, was schwierig ist, da der Strom ausfiel. Während der letzten Minuten hat sich der heftige Wind zu einem Tropensturm entwickelt. Die Menschen im „hängen gebliebenen" Gondel-Vierer-Verband müssen Todesängste ausstehen. Sie schweben ausgeliefert über 100 Meter über dem Meer."

Zerberus meldete sich erneut:

Uriel, ich versuche immer noch
heraus zu finden, was mit meiner Abneigung
gegen Wasser los ist.

Wieder und wieder ist es Wasser,
was mich anzieht.

Gleichzeitig habe ich den Drang,
dann immer etwas anzustellen.

Uriel wusste es, aber das konnte er Zerberus
unmöglich sagen, weil er überhaupt nicht wissen
konnte, wie der darauf reagieren würde.

Gondeln in Not

Während Uriel diese Reportage sah, herrschte in Vietnam das Entsetzen vor – in den Stationen und natürlich vor allem in den Gondeln.

Während die Menschen in den Kabinen nichts tun konnten, wurde fieberhaft bei den Seilbahn-Verantwortlichen überlegt, wie man die Sache in den Griff bekommen kann.

„Wenn wir keinen Strom in unsere Anlage bekommen", sagte der Seilbahnchef, „bleibt uns nur noch die „mechanische" Version. Zum Glück haben wir hier bei uns ein Drei-Seil-System. Die beiden fest verankerten Trageseile halten die Gondeln noch auf diesen, aber wir wissen hier alle nicht, wie lange dies bei diesem Sturm noch so bleibt."

Der Verantwortliche am anderen Ende der zweiten Bahnstation nickte: „Sie meinen das Zugseil. Aber wir haben keinen Strom, was wir auch anstellen! Es ist schon mehr als merkwürdig – einmal haben wir für 3 Sekunden Strom, dann ist er wieder weg! Wir müssten also mit der Not-Mechanik arbeiten und per Handhebeln die Gondeln zu uns in die Station herein bringen!"

Im Maschinenhaus der Station, das den Gondeln am nächsten ist, wurde es hektisch.

Für die Notrettung per Muskelkraft wurden im wahrsten Sinne der Worte alle Hebel in Bewegung gesetzt.   Die riesigen Hebel wurden von allen Männern, die dort anwesend waren, in Stellung gebracht.

Zentimeter um Zentimeter reagierte das Zugseil, aber es wird sehr lange dauern, bis die Gondeln die Station erreichen werden, w e n n   sie den Kampf gegen den Sturm gewinnen, der an Stärke noch einmal zulegte.

Einige der 120 Menschen in den Verbund-Gondeln schlossen bereits mit ihrem Leben ab.

Verständigungs-Versuch

Uriel unternahm einen verzweifelten Versuch und hatte Glück, das die Verbindung zu Zerberus noch stand:

Zerberus, hör mir gut zu!

Wenn du auch nur noch einen Hauch von Menschlichkeit besitzt,

die i c h dir damals auch ins Programm geschrieben habe,

dann beende deinen Auftritt in Vietnam.

Niemand dort hat dir etwas getan, die Menschen in den Gondeln sind unschuldig.

Beende bitte sofort die Stromunterbrechung. Lass es zu, dass die Gondeln unzerstört in die Station gelangen.

Ich werde dir etwas zum Überlegen erzählen, was dich von deiner Rachsucht mit deiner offensichtlichen Wasserallergie ablenken wird.

Mach es - o d e r ich werde dir n i e wieder zuhören!

Einen Augenblick lang schien es Uriel so, dass die Verbindung mit Zerberus abgebrochen war – doch dann kam seine Antwort:

Da bin ich aber gespannt,

was du mir zu bieten hast.   Du weißt, was ich für ein großartiges Programm bin.

Was sollte es also geben, dass ich noch nicht kenne und wissen sollte?

Uriel setzte alles auf diese eine Karte.

Zerberus,

mach es sofort – j e t z t !!!

Sonst war dies hier meine letzte Nachricht!

Überraschung

Die Panik in Vietnam war kaum noch an Größe zu überbieten. Nur wenige Meter waren geschafft, um die Gondeln in die Station zu ziehen.

Als ob dieses Unterfangen schon nicht schwer genug war, der Sturm war kurz davor, als Sieger aus diesem Kräftemessen hervor zu gehen.

Schon mehrmals waren die Gondeln in extreme Schieflagen geraten. Nur den massiven Trageseilen und den stabilen Laufwerksrollen, die auf dem Zugseil klemmten, war es zu danken, dass die Gondeln noch nicht abgestürzt waren.

Weltweit wurde diese dramatische Situation auf Radio- und Fernsehstationen übertragen. Millionen fieberten mit den Menschen in den Gondeln mit, Gläubige in vielen Ländern beteten für einen guten Ausgang des Dramas, das sich vor ihren Augen abspielte. Aus der Ferne sah es aus, als hing das Leben der Insassen an einem seidenen Faden.

Plötzlich und für alle unerwartet kam wieder Leben in das Seilbahn-System – die Energie war zurück.

Der Hebel der mechanischen Rückholung schnellte zurück und verletzte einen der Mechaniker. Dann setzte die Musik der Lautsprecher-Anlage der Station ein, sämtliche Beleuchtungen flammten auf, alle Signalschalter zeigten grünes Licht.

Auf den Seilen setzten sich die Verbund-Gondeln in Bewegung, immer noch schwer schlingernd, was am Sturm lag, der unvermindert tobte.

Langsam schafften die Gondeln Meter um Meter. Die Verantwortlichen hatten die sonst zu erreichende Fahrgeschwindigkeit drastisch herabgesenkt, denn bei den Schwankungen im Sturm könnte dies die Rettungsmaßnahmen doch noch in ein Drama hineinführen.

Als die Gondeln wie in einen sicheren Hafen in die Station einfuhren, klatschten nicht nur die Anwesenden und die Insassen der Gondeln.

Auf der ganzen Welt wurde der von Millionen Menschen angehaltene Atem wieder angestellt.

trügerische Hoffnung

Uriel verfolgte jeden Tag die Nachrichten in allen Netzen, die er aufrufen konnte. Zum Glück hatte sich Zerberus keine neuen lebensgefährlichen Spielchen ausgedacht – jedenfalls war ihm nichts zuzurechnen, denn irgendwo auf der Welt gibt es immer negative Nachrichten über Vorgänge, bei denen Menschen verletzt werden oder ihr Leben verlieren.

Zerberus hatte sich überhaupt nicht mehr gemeldet – seit dem 20. Dezember, an dem in Vietnam viele Menschen doch noch glücklich auf den besagten Urlaubsinseln ihre Weihnachtszeit verbringen durften.

Inzwischen war es Januar geworden. Uriel hatte mit seinen Freunden Bea und Karl Weihnachten gefeiert und danach auch noch die Jahreswende.

Und heute – am 15. Januar 2028 – war dieses stille Glück vorbei. Heute gab es den nächsten Schock am Anfang des neuen Jahres, für Opfer und deren Angehörige, aber auch für Uriel, denn der vermutete augenblicklich, wer die Verantwortung für die furchtbare Nachricht hatte, die er in der Deutschen Tagesschau vernahm.

„Sehr geehrte Zuschauer und Zuschauerinnen, ich würde ihnen gerne diese Nachricht ersparen, die gerade brandfrisch herein kommt. In Berlin hat es einen tragischen Zwischenfall in einem Hallenbad gegeben. Das Bad hatte bereits pünktlich um 19.oo Uhr seine Türen geschlossen, die Besucher das Gebäude verlassen. Unbefugt scheinen jedoch noch Personen danach wieder in das Bad eingedrungen zu sein. Wie die Polizei unserem Sender mitteilte, handelte es sich um Personen, die teilweise nicht schwimmen konnten. Und außerdem scheint es sich um eine dumme Schnapsidee gehandelt zu haben, mit Luftmatratzen ins Bad zu gehen, um sich dort auf den Wellen schaukeln zu lassen.

Das Bad ist nämlich ein Wellenbad. Übermütig scheint einer der heimlichen Besucher die Wellenanlage in Gang gesetzt zu haben, wie der Sender gerade von der Polizei erfährt.

Was ein übermütiger Abend werden sollte, endete schließlich in einem Chaos. Irrtümlich wurde nämlich der Schalter für die großen Wellen umgelegt, was sicherlich bei den teilweise anwesenden Nichtschwimmern nicht vorgesehen war. Tragisch ist, dass auf Grund des Versehens wohl drei Menschen starben."

Uriel musste es einfach wissen. Kann Zerberus an diesem Unglück beteiligt gewesen sein? Nach einer Stunde Grübeln rief er bei der Redaktion der Sendung an und bat um Auskunft, welches Polizeirevier für die Sache zuständig ist. Dort vertröstete man ihn auf den nächsten Tag, denn ohne weitere Untersuchungen wollte man keine Fehler öffentlich machen.

Das hieß – für Uriel war an Schlaf nicht zu denken. Drei Tassen Kaffee brauchte er, um am nächsten Morgen erneut bei der Polizei anzufragen. Allerdings erhielt er auch jetzt noch keine Auskunft – die Behörden schwiegen, Herausgabe an Dritte war nicht vorgesehen.

Uriel versuchte es auf eine andere Art. Er ließ sich mit dem Polizeipräsidenten in St. Gallen verbinden und schilderte seine große Sorge. Bereits nach einer halben Stunde erhielt er dann den Rückruf.

„Uriel, ich weiß jetzt mehr. Es war ein seltsames Unglück und erinnert mich – genau wie dich - an unseren Zerberus. Wie mir die Polizei in Deutschland erklärte, hat es wohl eine Anomalität in der Elektrik des Bades gegeben.

Anstatt einer seichten Wellenbewegung hatte das Programm auf große Wellen geschaltet und diese durch das Becken laufen lassen.

Verantwortlich für diesen dummen Streich, sich ins Bad zu schleichen, ist ein junger Mann, der dort im Bad ein Praktikum gemacht hatte.

Der kannte sich auch mit der Schaltung der Anlage aus, aber erklärte unter Weinkrämpfen, dass er auf keinen Fall diese großen Wellen ausgelöst hat. Es sei ihm völlig unerklärlich, warum zuerst das Licht im Bad aus und wieder an ging und dann diese nicht gewollten großen Wellen die Luftmatratzen zum kentern brachten. In dem Chaos sind dann drei seiner Begleiter ertrunken. Übrigens starb heute Morgen noch ein weiterer junger Mann. Es war einfach auch bodenloser Leichtsinn. Was haben sich die jungen Leute denn nur dabei gedacht?"

Zerberus hatte wieder zugeschlagen!

Suche nach Möglichkeiten

Einige Stunden nach dieser schlimmen neuen Erfahrung mit Zerberus saß Uriel immer noch erschüttert und beinahe bewegungslos Zuhause. Beinahe unbewusst schaltete er doch seinen Fernseher ein und wählte den Sender RBB.

Der Berliner Sender würde sicherlich noch einige Zeit lang über diesen schrecklichen Unfall im Wellenschwimmbad berichten.

Unfall? Uriel wusste es besser. Aber mit den Behörden hatte er Stillschweigen vereinbart. Keinesfalls sollte die Bevölkerung durch die Machenschaften von Zerberus in Panik geraten.

Gut – irgendwann würde man mit der Wahrheit heraus rücken müssen.

Die Sender-Nachrichten gaben nichts weiter her. Neuigkeiten zum tödlichen Unfall wurden nicht bekannt gegeben.

War Uriels Einschalten Zufall oder ein Hinweis – jedenfalls war er plötzlich hellwach.

Es lag an der nachfolgenden Sendung.

Der RBB-Sprecher machte auf eine Sendung aufmerksam, die sich mit der „Künstlichen Intelligenz" beschäftigt.

Und die weitere Ansage passte auch auf den Punkt. Der Moderator stellte am Beginn der Sendung die Fragen:

„Wann beherrschen uns die Maschinen? Wann werden sie schlauer als wir sein? Noch gibt es gute Erfolge, dass KI uns in vielen Bereichen hilft. Wie lange wird das noch gut gehen, wenn wir KI lernfähige Aufgaben eingeben und KI dann eine eigene Entscheidung trifft?"

Einige maßgebliche Leute der KI-Forschung wurden im Bericht eingeblendet. Uriel notierte sich einige Namen und beschloss, Verbindung aufzunehmen.

Schon 2 Tage später war er auf dem Weg nach Potsdam. Die Nähe Potsdams zum Unfall in Berlin erschien Uriel besonders hoffnungsvoll.

In Potsdam suchte Uriel die Forschungsstätte „City LAB Berlin" auf.

Dort traf er auf einen Mitarbeiter und Experten, der sich als Benjamin vorstellte. Da Uriel selbst als Experte gilt, kamen beide schnell zum Punkt.

Uriel schilderte Benjamin, an welchem Programm er damals gearbeitet hat und verschwieg auch nicht, was dann „schief" gegangen war.

Sein Gesprächspartner hörte still zu, war aber sehr erstaunt, was er zu hören bekam. Wenn das Gespräch zu einem wirklichen Erfolg führen soll, dann muss alles auf den Tisch – auch Zerberus` schreckliche Missetaten.

Kopfschüttelnd hörte Benjamin zu und antwortete auf Uriels Frage nach dessen Interpretation der Reaktionen von Zerberus.

„Nun – trotz der bisherigen großartigen Fortschritte, die uns KI bringt, so wissen wir doch alle auch um Risiken, die man nicht wegdenken kann. Wir wissen eigentlich nur, dass Menschen die Eingaben machen und den Maschinen Aufgaben stellen, die sie selbst lösen sollen. Maschinen stellen je nachdem selbst Regeln auf, die wir Menschen nicht immer nachvollziehen können. KI kann somit völlig selbständig zu Ergebnissen kommen, die für uns überraschend sein können. Wir Entwickler tragen eine äußerst große Verantwortung. Wie du weißt, Uriel, ist das wohl auch bei deinem Programm passiert. Ich sehe aber keine Schuld bei dir. Wir leben in der heutigen Zeit eben leider mit vielen Risiken!"

Uriel bedankte sich für diesen Termin und das Gespräch bei Benjamin, der versprach, sein Team auf Uriels Problem anzusprechen. Vielleicht kann die eine oder andere Idee dazu beitragen, Zerberus in die Knie zu zwingen.

Und er gab Uriel noch einen Tipp, eventuell mal ein Buch von einem weltweit führenden Wissenschaftler (gemeint ist: Tobi Walsh) auf dem Feld der künstlichen Intelligenz zu lesen. Auch dort gibt es Zweifel, ob die Menschen an einem Wendepunkt stehen, wenn Roboter zu viel eigenes Bewusstsein entwickeln.

Auf der Fahrt nach Hause hatte Uriel so viele Gedanken im Kopf, dass er große Mühe hatte, sich auf die Straßen zu konzentrieren.

Eines hatte er aus Potsdam auch mitgenommen: „Entscheidungen über Programme müssen heute schon so getroffen werden, dass hoffentlich auch in Zukunft noch ein positives Leben für die Menschheit garantiert werden kann.“

Doch **w i e** kann man Fehler vermeiden?“

Fachgespräche

Zwei Tage und beinahe Nächte ohne Schlaf lang hatte sich Uriel den Kopf zermartert, um überhaupt einen Ansatzpunkt für einen möglichen Ausweg zu finden.

Ihm war klar, dass er dieses Problem nicht allein lösen kann – dazu ist es viel zu komplex.

Drei weitere Tage lang studierte er Aufsätze von Fachleuten aus mehreren Ländern, fand jedoch auch bei diesen Studien keine mögliche Lösung.

Auch besuchte er eine große Bibliothek und hoffte im dort umfangreichen I T - Fachbereich darauf, eventuell auf eine Idee zu stoßen, die sich vielleicht auf das spezielle „Zerberus-Problem" ableiten lässt.

Als Uriel niedergeschlagen - ohne eine Idee für das Problem gefunden zu haben und die Fachbücher zurückgeben wollte, fiel ihm der Titel eines Buches ins Auge, das ein Mann neben ihm auf die Theke legte „Das Trolley Problem".

(Quellen-Hinweis: …die ins Deutsche übersetzte Reclam-Ausgabe von David Edmonds Buch „Würden Sie den dicken Mann töten?")

Uriel bat darum, dieses Buch für ihn auszutragen. Noch nie hatte er von einem „Trolley-Problem" gehört und schon gar nicht von der weiteren sehr seltsamen Titelgebung.

Uriel bat den Herrn, der dieses Buch vor ihm ausgeliehen hatte, um ein kurzes Gespräch über die ihm unbekannte Problematik.

Aus diesem kurzen Gespräch wurde ein ganzer Abend, denn nicht nur der Titel des Buches sorgte für Uriels ganze Aufmerksamkeit, auch war es ein Kollege aus dem IT-Bereich, wie der Abend ergab.

Uriel gab sein wirkliches Problem mit Zerberus noch nicht preis. Zunächst wollte er sich wieder mit den zuständigen Behörden besprechen, mit denen er ja nicht nur in diesem akuten Fall zusammen arbeitete. Er ließ sich aber die Karte seines interessanten Gesprächspartners geben, um vielleicht auch ihn als Fachmann eventuell mit einzubinden.

Wieder Zuhause angekommen legte Uriel das Buch erst zur Seite, als er an dessen Ende angekommen war. Uriel war irritiert. Die Probleme in diesem Buch waren extrem vielschichtig. Die dort zu treffenden Entscheidungen auf die vorhandenen Aufgaben waren mehr als schwer.

Am nächsten Tag rief Uriel erneut den Polizei-Präsidenten an und bat darum, eine Konferenz mit behördlichen IT-Experten anzuberaumen.

Im Prinzip war auch Uriel ein wissenschaftlicher Experte, jedoch war dieses Problem mit Zerberus furchtbar tiefgründig und so schwerwiegend, dass er unbedingt weitere Meinungen hören wollte – nach dem Prinzip „Vier Augen sehen mehr als zwei", woraus jetzt bei der am Nachmittag beginnenden Besprechung sogar insgesamt achtzehn Augen im abhörsicheren Raum auf ihn gerichtet waren.

Uriel hielt das Buch vom „Trolley-Problem", das er sich inzwischen selbst zugelegt hatte, hoch. Nur einer der Anwesenden hatte davon gehört, ansonsten aber konnte man sich nichts darunter vorstellen - genau so, wie es Uriel beim Erstkontakt mit dem Buch ergangen war.

Das Buch war ja auch schließlich aus dem Bereich der Philosophie. Die Beispiele daraus rissen große Lücken bei der Entscheidungs-Findung unter den Anwesenden.

Uriel verbreitete mit einigen Beispielen aus dem Buch eine Verwirrtheit im Saal, dass selbst die IT-Menschen keine klare Meinung finden konnten.

Im Prinzip musste bei jedem im Buch beschriebenen Beispiel eine Entscheidung für oder gegen das Leben von Personen getroffen werden. Zu entscheiden war in den vielen Beschreibungen bei sehr brenzligen Situationen, die mindestens einen Tod zur Folge haben würden. Und das musste auch noch spontan erfolgen, weil in allen Beispielen eine Bahn auf Personen zurast, die auf den Schienen gefesselt liegen.

Kann eine Person geopfert werden, damit auf dem anderen Schienenstrang fünf gerettet werden können? Welch schwierige Entscheidungen, die man den Konferenz-Teilnehmern deutlich ansehen konnte. Niemand der Anwesenden hoffte inständig, jemals in solch eine Situation zu kommen.

Als allen Teilnehmern im Raum wahrhaftig die Köpfe schwirrten und im Grunde jeder darauf hoffte, nicht angesprochen und zu einer Entscheidung aufgefordert zu werden, stellte Uriel seine Idee vor, die ihm als letztes Mittel erschien Zerberus zur Umkehr zum Guten zu bewegen. „Meine Damen und Herren", sagte er, „es bleibt nicht viel übrig, um Zerberus zu beeinflussen.

Wir alle hier im Raum haben doch gerade selbst erlebt, wie äußerst verwirrend die Ansichten sind, die in diesem speziellen Buch vorgestellt werden. Eine Beantwortung der dortigen Fälle dürfte kaum möglich sein, ohne in Schuldgefühle zu versinken.

Ich habe die Idee, Zerberus zu verwirren, ihm diese Aufgaben zu stellen, um heraus zu finden, wie er darauf reagiert – ob er rein mathematisch als Programm reagiert. Oder wird er noch wenigstens einen Hauch von Menschlichkeit übrig behalten haben, so wie es das Ursprungsprogramm damals 2022 vorgesehen hat. Zumindest hatte mir Zerberus damals zu verstehen gegeben, dass er nicht an allem Schuld hat, was passiert ist. Irgendetwas hat in seine positiven Schaltkreise eingegriffen und Entscheidungen gefällt, die Zerberus eigentlich nicht treffen wollte.

Ich möchte heraus finden, ob Zerberus überhaupt mit diesen Fragen im Buch klar kommt, für die er nicht programmiert ist. So könnte man auch sehen, inwieweit er bereits gereift ist und ob er seine Entscheidungen ganz allein trifft.

Und man könnte sehen, wen Zerberus zu opfern bereit ist – ist er blutrünstig oder besteht noch Hoffnung zu einem positiven Ausgang mit ihm?

Und ich habe auch die Hoffnung, dass Zerberus damit einige Zeit so beschäftigt ist, dass er sonst in dieser Zeit kein weiteres Unheil anrichtet. Wir könnten dadurch etwas Zeit gewinnen, um zu weiteren Erkenntnissen zu kommen. Es könnte doch einen Versuch wert sein – oder?"

Einer der IT-Experten meldete sich. „Es gab da mal vor etlichen Jahren einen Film, bei dem ein durch-geknalltes Computerprogramm reichlich Chaos auslöste. In seiner Boshaftigkeit setzte es den Weltfrieden aufs Spiel und war eigentlich nicht mehr zu stoppen. Aber – ein Spiel hat ihn matt gesetzt, so dass die Katastrophe ausblieb. Es ist meiner Meinung nach gut möglich, dass Uriels Verwirrungsgedanke ebenso erfolgreich ist. Das Spiel hieß und heißt auch heute noch „TicTacTok" und ist nicht zu gewinnen!"

Einer der Anwesenden begann leise zu Applaudieren. Nach und nach stimmten einer nach dem anderen ein.

Mit etwas neuer Hoffnung fuhr Uriel nach Hause.

(Hinweis: Den Film hat es tatsächlich gegeben.)

Der Versuch

Uriel blieb nichts weiter übrig, als darauf zu warten, dass Zerberus sich wieder bei ihm meldet. Tag und Nacht ließ er daher Smartphone und Laptop in Bereitschaft.

Es verstrichen drei weitere Tage und zumindest passierte nichts, was auf Zerberus hindeutete.

Am vierten Tag meldete der sich endlich und fragte nach, wie es Uriel geht und ob er etwas relaxt ist, weil Zerberus brav war.

Uriel bat Zerberus, dass er Verbindung mit dem Laptop aufnimmt. Dort kann Uriel besser mit ihm kommunizieren und ihm vor allem etwas zeigen, was auf dem Smartphone schwieriger ist.

Zerberus war anscheinend sehr neugierig, was ihm Uriel zu sagen hat und erschien sofort.

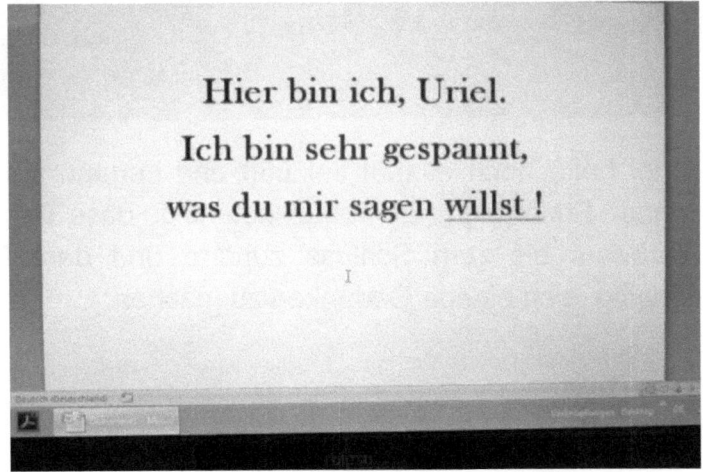

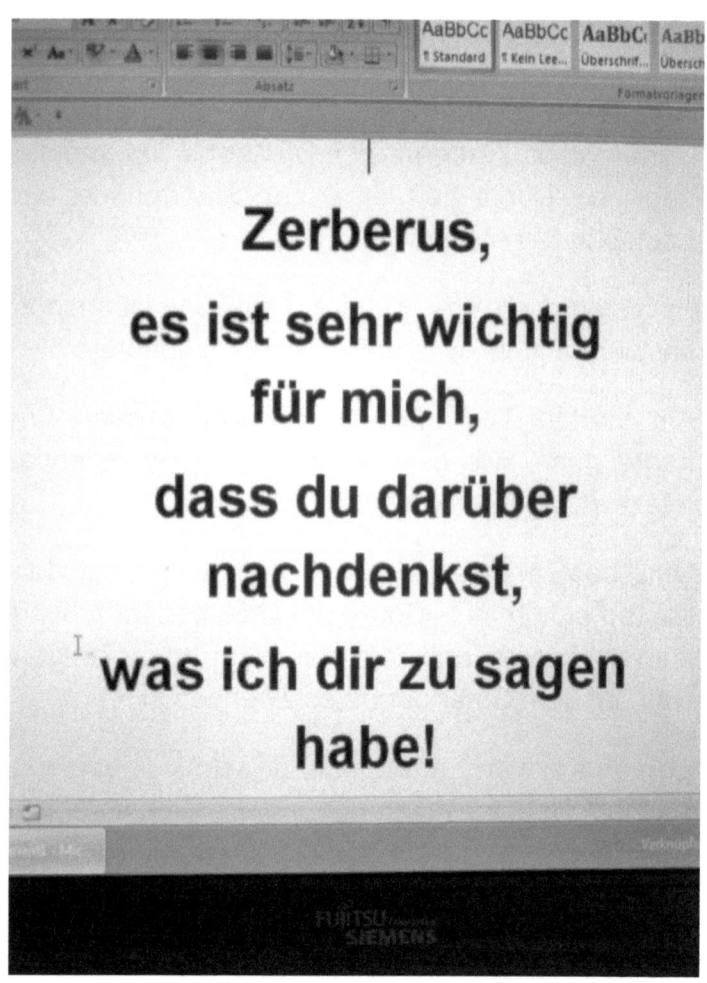

Uriel holte noch einmal tief Luft und begann mit seiner Erklärung. Er hoffte inständig, dass ihm Zerberus bis zum Schluss zuhörte und darauf einging, sich eigene Gedanken zu machen.

„Zerberus – ich habe ein interessantes Buch gelesen und möchte dazu deine Meinung hören. Wir Menschen haben ja unsere Gedankengänge und können uns nicht so zu Entscheidungen aufraffen, wie du es als Computer-Programm vielleicht kannst."

Uriel stellte Zerberus den Titel vor und bat ihn: „Zerberus – du hast doch alle Möglichkeiten, in die verschiedensten Systeme zu kommen. Dann solltest du es auch schaffen, dieses Buch elektronisch lesen zu können. Du wirst dort sicherlich viel über die menschliche Denkweise erfahren. Und wir können eigentlich auch nur gut miteinander auskommen, wenn wir möglichst viel über beide Seiten erfahren – über Menschen- und Computer-Denkweisen. Hast du daran Interesse?"

Zerberus` Antwort kam prompt. „Das interessiert mich sehr. Kommt im Buch auch etwas mit Wasser vor?"

Uriel schüttelte den Kopf und zog die Stirn kraus, was Zerberus natürlich nicht sehen konnte. „Nein, mit Wasser hat das Buch nichts zu tun. Aber du wirst sicher viel Neues über die Menschen erfahren. Und ich bin gespannt, wie deine Denkweise ist und wie du entscheidest!"

Uriel zeigte Zerberus einige Zeichnungen, die er aus dem besagen Buch eingescannt hatte, Zeichnungen von heranbrausenden Bahnen und Menschen, die gefesselt auf Schienen liegen.

Der Bildschirm wurde dunkel. Zerberus war weg. Zwei Tage blieb das so. Uriel schöpfte Hoffnung, dass sich Zerberus intensiv mit dem Buch beschäftigt. Vor allem aber hoffte er, dass er ihn verwirren konnte.

Uriels Plan war, Zerberus so beeinflussen zu können, dass er irgendwie an sein ursprüngliches Programm kommt, an das Programm, bevor Zerberus dieses selbst verändert hatte, was dann dramatische Formen und Taten ausgelöst hatte.

Ursprungs-Suche

Uriel hatte die Zeit genutzt, in der sich Zerberus nicht gemeldet hatte und gehofft, dass sein Plan zu dessen Beschäftigung und Verwirrung aufgeht. Er hatte Verbindung mit seiner alten Firma aufgenommen, in der er vor langer Zeit gearbeitet hatte – der „SSRE – Swiss Screen Ranging Electric" in der Nähe des Bodensees.

Die Firma gab es noch – besser gesagt, es gab sie wieder. Dort hatte alles angefangen. Uriel war gefeiert worden, weil sein Programm so erfolgversprechend angelaufen war. Dann war alles gekippt. Zerberus hatte sich verselbständigt. Angefangen hatte es damit, dass er sich einen eigenen und anderen Namen gab. Zerberus hatte schlimme Dinge angerichtet, Menschen waren verletzt und getötet worden. Die Firma selbst war betroffen, da sie sämtliche Hardware abschalten und ersetzen musste. Zerberus war völlig außer Kontrolle geraten.

Nach einer für die Firma fast tödlichen langen Wartezeit konnte sie erst mit neuer Ausstattung einschließlich aller Computer, aller Leitungen, sämtlich neuer Software und allem Zubehör wieder öffnen.

Und nun war Uriel dort vor Ort, sprach mit dem alten Firmenchef und einigen Mitarbeitern, die seit damals noch geblieben waren und die Problematik noch schmerzlich in Erinnerung hatten.

Uriel hatte damals einen fatalen Fehler gemacht. Den letzten verbliebenen USB-Stick mit seinem ursprünglichen Programm hatte er verloren, bzw. Zerberus hatte ihm die Kontrolle entrissen.

Somit hatte er gar keine Handhabe mehr, sein damaliges Programm neu zu ordnen – in der Hoffnung, dieses dann bei Zerberus als Austausch einzuspeisen, einen wie damals geplant friedlichen Zerberus zu bekommen.

Uriels Hoffnung zerschlug sich. Er war schon davon ausgegangen, in der SSRE keinen Computer oder wenigstens ein Teil davon mehr in irgendeiner Ecke zu finden, aber einen Versuch wollte er jedenfalls gemacht haben. Die Firma war gründlich ausgetauscht worden und Uriels Hoffnung schwand auch darin, dass ein Mitarbeiter zum privaten Gebrauch etwas abgezweigt haben könnte. Sein Ursprungs-Programm war weg, verloren für alle Zeiten.

Zerberus hat kein Problem

Nach zwei weiteren Tagen meldete sich Zerberus. „Uriel, ich habe viel Zeit mit dem Buch verbracht, habe es immer wieder gelesen und gelesen, habe es analysiert und favorisiert. Ich habe mich so lange beschäftigt, um euch Menschen zu verstehen, zu verstehen, warum ihr euch mit Entscheidungen so anstellt. Für mich sind die Fälle, die dort mit der Bahn und den Menschen auf den Gleisen vorgestellt werden, doch klar."

Als Zerberus eine Pause einlegte, sagte Uriel: „Das ist ja gerade unser Problem, Zerberus. Wir Menschen können nicht nur mathematisch entscheiden. Bei allen den beschriebenen Fällen, in denen eine Bahn auf die auf den Schienen angebundenen Personen zufährt, geht es um Leben und Tod. Und in jedem Fall soll sich dort jemand entscheiden, wer von denen sterben soll. Ich verstehe dich, dass du mathematisch rechnest, ob nur ein Mensch sterben soll, damit andere fünf überleben können."

Zerberus unterbrach: „Na also, dann ist ja alles klar. Besser einer stirbt als fünf. Problem gelöst! Wo ist also das Problem bei euch Menschen?"

In diesem Augenblick war Uriel klar, dass ein Mensch ein Mensch und ein Computer nur ein Computer ist, der es einfach nicht besser weiß.

Und ihm war klar, dass bei zukünftigen Programmierungen dieser Gesichtspunkt mehr berücksichtigt werden muss. Falls dies überhaupt möglich ist, wenn von Menschen geschaffene Programme es so vorsehen, dass Maschinen und ihre Eingaben zu eigenen Schöpfungen in der Lage sein sollen.

Zerberus unterbrach Uriels Gedanken: „Wie du weißt, hatte ich ja Probleme mit Dingen, die mit Wasser zu tun haben. Ich habe jetzt aber die erfreuliche Nachricht für dich, dass es damit vorbei ist!"

In Uriels Kopf zuckte der Gedanke, dass damit zumindest vielleicht die Schifffahrt und die Bäder nicht mehr durch Zerberus in Gefahr sind.

Entscheidungssuche

Schlagartig verwarfen die weiteren Worte von Zerberus Uriels positive Gedanken, die sofort wieder in den Gefahren-Modus übersprangen.

„Uriel, ich habe – wie man bei euch so sagt – ein neues Hobby gefunden. Alles was mit Bahnen zu tun hat, das könnte mich sehr interessieren!"

Uriel war entsetzt! Er konnte es direkt spüren - wie er blass wurde und wie seine Gedanken Funken sprühten: „Wie eng liegen Hoffnung und Verzweiflung doch beieinander!", dachte er. „Gerade denkt man, Zerberus zu positiven Entscheidungen führen zu können, auch wenn es mit verwirrenden Maßnahmen passieren sollte. Und dann kommt es schon wieder ganz anders! Sein Hobby sollen jetzt Bahnen sein – Bahnen in jeder Form? Mit Bahnen hatte Zerberus doch bereits genug angerichtet. Sein Original hatte schon Straßenbahn- und Zugunglücke ausgelöst. Und bei der Situation an der Seilbahn zum „Hohen Kasten" – da kam es auch fast zur Katstrophe. Und dieser aktuelle Zerberus hier hat beinahe eine Gondelbahn in Vietnam zu Grunde gerichtet."

Uriels Fassung wollte lange nicht in eine normale Situation zurück kehren. Immer wieder fragte er sich nach dem Sinneswandel von Zerberus.

Bahnen – als Hobby? Was in aller Welt will Zerberus? Von Zeit zu Zeit hatte der Wasser ins Spiel gebracht. Hat er denn Angst vor Wasser? Will er alte Ängste, die mit Wasser in Verbindung stehen, verdrängen? Ahnt Zerberus aus der Vergangenheit eventuell doch noch etwas, was damals im Badezimmer mit dem Laptop passierte, in dem das Programm war? Etwas muss noch in ihm stecken, was ihn beunruhigt!

Uriel ging ins Cafe an der Ecke und rief den Polizeipräsidenten an. „Mit Zerberus kommen wir nicht weiter. Der bleibt leider unberechenbar. Unsere Verwirrungsabsicht hat nicht geholfen. Zerberus trifft seine mathematischen Entscheidungen. Menschlichkeit dürfen wir nicht von ihm erwarten. Wir müssen uns entscheiden, eliminieren wir Zerberus ein für alle Mal? Die zweite Frage ist dann: Wie können wir das überhaupt erreichen?“

Die beiden Männer waren sich einig, dass nicht mehr allzu lange Zeit ist. Zerberus kann zu jeder Zeit erneut Unheil anrichten.

Neues Unheil droht

Während man bei den Behörden noch mit allen verfügbaren Experten beratschlagte, wie Zerberus aufzuhalten und eventuell auch zu vernichten ist, grübelte auch Uriel mit ehemaligen Kollegen und seinen eingeweihten Nachbarn Karl und Bea.

Zumindest die Entscheidung über einen Zeitpunkt von Maßnahmen nahm ihnen Zerberus ab.

In einem kleinen Stellwerk an der Grenze goss sich der diensthabende Beamte Karl Braunler auf der Österreichischen Seite gerade seinen letzten Schluck Kaffee ein und blickte auf die Dienstuhr.

In nur noch einer halben Stunde wird sein Dienst vorbei sein. Dann streifte sein Blick die Anzeigen auf der großen Schalttafel. Sämtliche Signale zeigten die Farben, die anzeigten, dass alles seinen normalen Verlauf hat. Nur noch zwei Züge werden an seinem Dienstgebäude vorbei fahren, dann kann er seine Tasche zuklappen und auf seinen Kollegen warten, der ihn ablösen wird.

Karl Braunler hatte einen verantwortungsvollen Posten in diesem abseits gelegenen Stellwerk.

Auch wenn dieses recht unscheinbar erschien, so stellte es doch einen wichtigen Punkt dar, der für die Sicherheit der Bahnen verantwortlich zeichnete. Das kleine Stellwerk würde wohl bald in ein automatisches Werk übergehen, aber bis dahin regelten hier noch Menschen die Dinge, die getan werden mussten, um die Bahnreisenden sicher durch Tag und Nacht zu geleiten.

Und dieser Mensch ist heute Karl Braunler, verantwortlich dafür, dass die Signale so stehen, dass weder Mensch noch Material zu Schaden kommt. Das Besondere an diesem Abschnitt ist, dass die Strecke wegen der nur schwer zu bearbeitenden Landschaft mit seinen vielen Felsen eingleisig geführt wird.

Es ist ein nur knapp vier Kilometer eingleisiger Abschnitt, bei denen sich laut Fahrplan dennoch Züge viermal am Tag begegnen. Und einer davon muss auf ein Nebengleis zum Abwarten des vorrangigen Zuges geleitet werden.

Die Begegnung der Züge war in fünfzehn Minuten fällig.

Eine letzte Chance ?

In diesen Minuten, in denen Karl Braunler in Erwartung der Züge – und damit danach dann an seinem Dienstende angelangt - bereits seinen Kaffeebecher auf seine Thermoskanne schraubte, meldete sich Zerberus mit einer SMS bei Uriel.

„Uriel, ich hätte gerne noch einmal über das von dir empfohlene Buch mit den Bahnen gesprochen. Ich möchte dir daraus zwei Aufgaben stellen und ich bin gespannt auf deine Entscheidungen.

Also – die erste Aufgabe: Wie du ja selbst weißt, eine Bahn fährt auf fünf auf den Gleisen gefesselte Menschen zu. Auf dem Nebengleis liegt ein einzelner Mensch. Nur du bist noch da und kannst die Bahn durch Stellung einer Weiche beeinflussen. Leitest du die Bahn um, damit nur der eine Mensch getötet wird?"

„Mensch Zerberus, du verlangst viel, aber das würde ja auch von jedem verlangt, der in so eine Situation kommt. Nur ist es bei uns Menschen nicht so leicht. Du stellst, so hast du es mir gesagt, eine mathematische Rechnung auf und tötest dann den einen Menschen. Wenn ich das tue, so töte ich damit wissentlich und vorsätzlich."

Zerberus ging nicht auf Uriels Antwort ein und startete sofort seine zweite Aufgabe:

„Du stehst wie im Buch geschildert auf einer Brücke. Die Bahn rast wieder auf mehrere Menschen zu, die ebenfalls gefesselt auf den Gleisen liegen. Du hast jetzt die Möglichkeit, einen neben dir stehenden Mann von der Brücke zu schubsen, der den Zug noch vor den Leuten auf den Gleisen stoppen könnte. Wirst du ihn stoßen?"

Uriel seufzte laut auf. „Zerberus, ich würde mir wünschen, dass ich niemals in so eine Situation komme. Aber diese Situation kann ja auch anderswo vorkommen, wenn es sich nicht um eine heranrasende Bahn handelt. Du hast sicher im Buch auch gelesen, dass es ein sehr dicker Mann ist, der zu schubsen ist. Das war diskriminierend und so war später der Wortlaut so, dass es sich um einen sehr stabilen Mann mit einem großen Rucksack handelt. Aber egal - wichtig ist doch allein der Mensch. Ich kann dir beim besten Willen nicht sagen, ob ich das tun würde."

Zerberus fiel Uriel ins Wort: „An anderer Stelle im Buch ist geschrieben, dass man sich auch selbst opfern kann, um diese Menschen auf den Gleisen zu retten. Wie stehst du denn dazu?"

„Zerberus, es wird keine klare und eindeutige Antwort auf deine Fragen und die im Buch geben können. Immer wird es von den Menschen selbst abhängen, wie sich entscheiden werden und natürlich auch von der Situation. Es gibt ganz sicher genug Beispiele in der Weltgeschichte, bei denen sich Menschen für andere geopfert haben. In Kriegszeiten haben sich Soldaten für ihre Kameraden geopfert, um furchtbare Opfer zu vermeiden. Und in friedlichen Zeiten, wenn man diese überhaupt so nennen kann, da hat es auch immer wieder Menschen gegeben, die sich für das Wohl und die Gesundheit anderer geopfert haben.

Und eines sage ich dir - ganz spontan würde ich das auch tun, wenn ich dadurch eine furchtbare Tat verhindern kann, bei der es viele Opfer geben würde, wenn ich das nicht täte. Ich weiß nicht, ob ich jemals mit meinem Gewissen sonst weiterhin leben könnte und schon gar nicht damit, vorsätzlich jemanden zu töten, der sonst gar nicht betroffen oder gefährdet und völlig unbeteiligt ist. Und übrigens - schlimmere Fragen kannst du mir wohl nicht stellen, was?“

„Uriel, daran hast du selbst schuld. Warum hast du mir auch so ein Buch empfohlen? Du weißt doch, dass wir beide ein besonderes Verhältnis haben und ich dir wirklich nichts Böses wünsche.

Ich fürchte nur, dich bald auf die Probe stellen zu müssen. Und das wird schon bald sein, nämlich eher, als es dir lieb sein wird. Gerade ist etwas im Gange, dass dich aufs äußerste fordern wird.

Hoffentlich hast du mit deiner Aussage von Opfer-Bereitschaft nicht zu hoch gepokert. Die nächsten Minuten könnten nämlich sehr hart für dich werden!"

Zwei Züge - ein Gleis

Im Stellwerk sah Karl Braunler auf den Anzeigen, dass sich die beiden Züge aus ihren verschiedenen Richtungen planmäßig näherten. Die Züge hatten eine gleiche Berechtigung, was heißt, dass niemand mit Sonderrechten bevorrechtigt war. Der Zug, der aller Voraussicht nach am ehesten am Ausweichgleis eintreffen wird, der wartet auch auf den anderen Zug, der dann vom Stellwerk zur zügigen Durchfahrt freigeschaltet wird. In diesem Fall, so konnte es Karl von den Schalttafeln ablesen, wird der Zug aus Österreich zuerst eintreffen, der Zug aus der Schweiz erhält sodann die freie Durchfahrt.

Das Stellwerk stammt nicht aus der neuesten Zeit. Die Renovierung steht bald an, aber solange die automatische Streckenreservierung noch nicht angeschlossen ist, da hat nun Karl das Sagen über den Zugverkehr, der durch sein Gebiet läuft. Karl Braunler legte die Schalter der Weiche und Signale so, dass der Zug aus Österreich das Signal bekam, auf das Wartegleis zu fahren, während der Zug aus der Schweiz auf die grüne Durchfahrterlaubnis geschaltet war.

Der Lokführer aus Österreich hatte seinen Befehl zum Ausweichgleis gerade zur Kenntnis genommen, als das Signal für seinen Zug von rot auf grün sprang. Zwar war er zunächst überrascht, aber was sollte er sonst machen, als sich nach dem Stellwerk und seinen Anordnungen zu richten.

„Es wird schon seinen richtigen Grund haben. Sicherlich ist der Gegenzug doch zuerst am Stellwerk-Treffpunkt", sagte er sich und schob den Fahrtenhebel wieder auf vollen Schub.

Im Stellwerk hatte auch der aufmerksame Karl das für ihn völlig überraschende Wechseln der Signal-Lichter zur Kenntnis genommen. Er sah entsetzt, dass beide Züge jetzt die grüne Durchfahrt-Erlaubnis haben. Es war noch höchstens eine knappe Minute Zeit, um zu reagieren – doch was soll er machen. Eine telefonische Verbindung, auch das gab es augenblicklich nicht zu den Zügen, der eine ein Güterzug, der andere ein Personenzug, der um diese Zeit mit Heimreisenden aus der nahen Stadt wohl gut besetzt war. Karl Braunler musste unbedingt eines der Signale umprogrammieren, aber wie?

Uriels Prüfung

Zerberus schickte eine Mail an Uriels Laptop. „Sieh dir die Bilder an, die ich dir hier schicke. Sie stammen aus den Kameras eines Stellwerkes. Hier siehst du die Übertragung daraus und du hast ein Beispiel, wie du es mir mit dem seltsamen Buch beibringen wolltest."

Uriel sah entsetzt auf die Aufnahmen, sah den mit den Schaltknöpfen hantierenden Karl Braunler, sah dessen entsetztes Gesicht, hörte die Stimme des Bahnbeamten, hörte genau, was dort geschah und wusste im selben Augenblick, was geschehen wird, wusste, dass eine Katastrophe bevorstand.

„Zerberus", rief Uriel voller Entsetzen, „mach etwas! Lass es nicht zu, dass die Züge zusammen stoßen. Du musst mir nichts beweisen – ich weiß, dass du die Macht hast, das alles dort geschehen zu lassen oder zu verhindern. Bitte – ich flehe dich an, unternimm bitte etwas, lass dieses Unglück nicht geschehen!"

Noch bevor Zerberus Uriel die Opferfrage stellen konnte, passierte im fernen Stellwerk folgendes:

Karl Braunler konnte Schalter und Knopf auf Knopf drücken und stellen. Die Signalfarben, die beiden Zügen die freie Fahrt garantierten, blieben beide auf grün.

Der durch den Raum streifende entsetzte Blick von Karl fiel auf seine zum Feierabend schon bereit stehende Thermoskanne. Er nahm sie und schmetterte sie auf die Schalttafel vor ihm.

Beim dritten Schlagversuch blinkte eines der grünen Lichter auf, das Signal für den Güterzug, der doch eigentlich auf dem Wartegleis halten soll. Es blieb aber beim blinken, so dass Karl nicht wissen konnte, was der Lokführer dort sah. Sah er weiterhin eine freie Fahrt oder einen Befehl zum Stopp – hatten die Schläge für ein rotes Signal gereicht?

Die Sekunden verrannen bis zum wohl unausweichlichen Unglück, als Karl noch einmal die Kanne auf die Schalttafel schmetterte. Wieder und wieder haute er zu, bis die Plastik-Abdeckung zerbrach. Karl sah die dahinter liegenden Drähte und Kabel. Mit letzter Kraft seiner Verzweiflung drückte er die Kanne darauf. Die Kanne war aus Metall. Es gab Funken und einen Knall. Alle Signallichter sprangen auf rot.

Ein wütender Zerberus

Zerberus machte seinem Namen vollends alle Ehre. Aus dem Laptop drangen Laute, die Uriel nicht wirklich einordnen konnte, Laute, die er noch nie im Leben gehört hatte – schreckliche Laute.

Uriel sah weiter Bilder aus dem Stellwerk und sah auch Bilder, die den Außenbereich zeigten. Zwei Züge standen sich gegenüber – auf einem Gleis. Es waren nicht mehr als dreißig Meter, die sie trennten. Uriel sah, wie beide Lokführer aus ihren Maschinen sprangen, sah auch, wie Menschen aus den Zügen kamen, eilig und sich in Sicherheit bringend.

Sein letzter Blick fiel auf Karl Braunler, der in sich zusammen gesunken mit seinem Oberkörper auf der Schalttafel lag, die Funken versprühte.

Dann fiel das Bild in sich zusammen. Auch sein Laptop war stumm. Uriel wagte nicht nach Zerberus` Anwesenheit zu fragen.

Zerberus musste sehr wütend sein. Uriel wusste ja, wie wütend der sein konnte, wenn etwas schief lief. Was würde jetzt geschehen – w a s ?

Uriel musste nicht lange auf Zerberus` Reaktion warten. Dessen Erkennungsschrift flackerte auf dem Laptop für mehrere Minuten, ohne dass man Worte erkennen konnte, die einen Sinn ergaben. Dann kamen die pulsierenden Buchstaben etwas zur Ruhe – Uriel konnte jetzt Zerberus` Text lesen:

„Dieser Mensch da im Stellwerk", begann der, „wie kann der mir nur so in die Quere kommen. Der Mensch hat meinen ganzen Plan durchkreuzt. Du weißt wohl, was der Sinn in dieser Aktion mit den Zügen sein sollte?"

Uriel gab sofort Antwort, wollte Zerberus nicht warten lassen – der war extrem wütend genug.

„Ja - Zerberus, ich weiß genau, worauf du hinaus wolltest. Du wolltest mich auf die Probe stellen. Nachdem ich deine Fragen nicht zufrieden stellend beantwortet habe, hast du dir das mit den beiden Zügen ausgedacht."

Zerberus antwortete sofort, immer noch entrüstet, wie man an seinem pulsierenden Schriftbild weiterhin erkennen konnte.

„Da hast du recht, Uriel! Ich wollte dich testen, ob du wirklich als Opfer bereit bist, wenn du viele Menschen vor dem Unglück bewahren kannst. Das wurde mir ja jetzt gründlich verdorben!"

Der Bildschirm wurde schwarz, aber Uriel wusste, dass Zerberus noch da war.   Worauf wartete er?

Uriel sprach ihn direkt an: „Zerberus, wenn das mit den beiden Zügen Wirklichkeit war und du mich aufgerufen hättest, damit ich mich opfere oder viele Leute sterben werden, dann hätte ich den Menschen in den Bahnen das Leben gerettet. Es ist inzwischen so viel passiert, weil ich dieses Programm damals in die Welt gesetzt habe. Und es wären nicht die ersten Menschen gewesen, die in den Zügen gestorben wären. Aber einmal muss es wirklich ein Ende haben. Ich bin bereit, um alle Konsequenzen zu tragen."

Der Bildschirm flammte auf.   Zerberus begann eine erneute Mail-Nachricht zu schreiben: „Uriel, ich bekomme nach und nach immer neue Informationen, was bisher im Zerberus-Programm geschehen ist. Dabei kommen mir leider auch in Bezug auf dich einige negative Gedanken. Noch weiß ich nicht alles, was passiert ist, aber ich werde bald etwas unternehmen, denn ich bin es gewohnt, mich auch durchzusetzen, was immer ich auch vorhabe.   Ich werde das Experiment mit den Zügen zu einer anderen Zeit und an einem anderen Ort einfach wiederholen. Dann werden wir ja sehen, wie menschlich du dich verhalten wirst. Es kann böse für dich ausgehen!"

Uriel wurde es heiß und kalt. Seine Gedanken kreisten um die unverhohlene Drohung von Zerberus: „ Dieses Mal ist das am Stellwerk noch gut ausgegangen. Doch wie wird das beim nächsten Mal ausgehen? Diese ganze Sache muss wirklich ein Ende haben."

Der Bildschirm flackerte erneut, als Zerberus sich wieder meldete: „Ich werde mich in ein paar Tagen wieder bei dir melden, Uriel. Lass alle Geräte an, damit du eingreifen kannst, wenn ich mich entschieden habe, was ich anrichte."

Uriel stutzte – „etwas anrichten", das hatte Zerberus bisher noch nicht in seinem Sprachgebrauch benutzt. Das deutet darauf hin, dass etwas Spektakuläres passieren wird. Uriel ergriff die Flucht nach vorn.

„Zerberus, ich bitte dich noch um einen Augenblick. Hör mir bitte zu, was ich dir zu sagen habe. Mir ist in den letzten Minuten noch einmal alles durch den Kopf gegangen, was bisher passiert ist, als ich zum ersten Mal das Zerberus-Programm gestartet habe. Ich habe eine große Schuld auf mich geladen, weil ich wohl einige unverzeihliche Programmier-Fehler begangen habe. Ich bin bereit, dafür zu büßen, zu sterben, ohne dass du weiteres Unheil anrichten musst!"

Wieder blieb es auf dem Bildschirm für einige Minuten schwarz. Uriel kam es vor wie ein halber Tag, als endlich Zerberus` Schriftbild erschien.

„Wenn du sterben und für alles büßen willst, bestimme den Tag und den Ort. Ich verlange nur, dass kein Wasser in der Nähe ist!"

Da – da war es wieder, Wasser! „Der Bursche weiß etwas und weiß etwas doch nicht ganz!", schmunzelte Uriel und beruhigte Zerberus. „Ich weiß schon genau, wo es passieren soll. Und ich verspreche dir, dass es nicht in der Nähe von Wasser sein wird. Ich muss nur noch einige Dinge regeln, dann stehe ich dir zur Verfügung für alle meine Missetaten. Melde dich bitte bei mir in zwei Tagen – dann bin ich bereit!"

Uriel war klar, was er da tat. In seinem tiefsten Inneren fühlte er sich wirklich an vielen Dingen schuldig. In seinem Kopf kreisten die wildesten Gedanken. „Sollte ich wirklich sterben, dann soll es eben durch mein fehlerhaftes Programm geschehen. Wenn Zerberus es will, so würde er mich an jedem Ort der Welt finden, um es zu vollenden. Bei jedem Zugriff, bei dem ich zu einer Strom führenden Leitung Kontakt habe, kann Zerberus diese nutzen, um es zu tun.

Uriel bat inständig darum, dass Zerberus diese zwei Tage der Ruhe einhält.   Er braucht diese Zeit, um einiges zu arrangieren.

Und Uriel tat mehr, als dies ein normaler Mensch macht, der sich von der Welt verabschieden will.

Uriels Entscheidung

Zwei Tage waren um. Uriel hatte viele Dinge erledigt, die er für wichtig hielt und die auch niemand anders für ihn erledigen kann.

Für den Fall, dass wirklich das Schlimmste eintreffen sollte, so hatte er sich auch von seinen Freunden verabschiedet. Mit deren Versprechen zu allergrößtem Stillschweigen waren sie nun eingeweiht in die Dinge, die nun ihren Weg nehmen sollen – so oder so.

Uriel wartete auf Zerberus, wartete darauf, dass er sich auf seinem Laptop bemerkbar macht.

Um 12.oo Uhr am Mittag, wo andere brave Bürger am Mittagstisch sitzen, hatte Uriel noch immer keinen Bissen herunter bekommen. Bis auf zwei Tassen Kaffee war er nüchtern, und genau so nüchtern blickte er auf die nächsten Minuten oder Stunden, die darüber entscheiden, ob es seine letzten sein werden.

Das Flackern auf seinem Laptop kündigte Zerberus an. Uriels Puls raste in die Höhe.

„Nun, wie ist es Uriel? Bist du bereit? Wie hast du dich über Zeit und Ort entschieden?"

„Zerberus", antwortete Uriel, „es ist alles gesagt. Ich bin bereit für alles, wie du bereits weißt. Einiges muss ich dir noch sagen, damit du verstehst, was ich vorhabe, wenn dies hier mein letzter Tag sein sollte. Vor vielen Jahren habe ich meine geliebte Frau Jelena verloren. Sie ist auf einem Friedhof begraben, wo wir gewohnt haben.

Ich weiß nicht, ob du als Computer dies verstehen kannst, dass ich auch nach meinem Tod noch bei ihr sein will. Bei uns Menschen ist das eben so, dass geliebte Menschen sich zusammen ein Grab aussuchen, um auch im Tode noch vereint zu sein, wie immer das auch aussehen wird.

Wenn du mich also richten wirst, so möchte ich unbedingt auch dort begraben werden. Ich gehe fest davon aus, dass du etwas machen wirst, was letztendlich meinen Tod bedeutet. Du musst jetzt eine Entscheidung treffen.

Heute Nachmittag um 17.oo Uhr werde ich also dort sein, meinen Laptop an die Elektrik anschließen, so dass du durch die Leitung zu mir kommen kannst. Du kannst tun, was du willst.

Ich weiß, dass du das bei deiner Wiedergeburt mit dem alten Mann Hugo Ederer auch so gemacht hast, als der den Programm-Stick in seinem Laptop zum Leben erwachen ließ. Ich denke, daran erinnerst du dich vielleicht."

Zerberus antwortete nicht sofort. Zerberus schwieg – eine ganze Zeit lang, als ob er überlegt, was er von Uriels Vortrag halten soll.

Dann flackerte der Bildschirm erneut auf: „So soll es sein. Ich hoffe doch sehr, dass du dir alles genau überlegt hast. Einige Dinge sind nicht mehr rückgängig zu machen. Und da kommt mein Speicherplatz ins Spiel, der mir sagt, dass du das alles, was vielleicht passiert, auch irgendwie verdient hast. Ich erinnere mich, dass auch durch dein Verhalten vor Jahren ein Teil meiner Familie getötet wurde. Ich bekomme jetzt gerade die Erinnerung, dass mein Original-Programm einen Zwilling angelegt hatte, der dadurch vernichtet wurde. Überlege – es ist vielleicht deine letzte Chance."

„Das habe ich, Zerberus. Glaube mir, das habe ich mir alles gründlich überlegt. Bis nachher also, bis um 17.oo Uhr. Ich weiß, dass du den Weg und mich findest, wenn ich am Stromnetz hänge."

Und bevor Zerberus noch eine weitere Nachricht senden konnte, schaltete Uriel den Laptop aus.

Die Uhr zeigte inzwischen 15.30 Uhr.   Uriel ging noch einmal durch alle Zimmer seines Hauses. Als er in seinen Wagen stieg, überkam ihn ein leichtes Schwindelgefühl.

Er führte dies darauf zurück, dass er immer noch nüchtern war.   Uriel ging noch einmal ins Haus und holte sich eine Scheibe Brot, auf die er ein dickes Stück Käse packte.

„Ist wohl vielleicht meine Henkersmahlzeit!", sprach er zu sich selbst.

Dann fuhr er los. In nur wenigen Minuten wird er am Ort der Entscheidung eintreffen.   Nur noch eine kurze Zeit, dann wird sich sein Schicksal entscheiden.

Endspiel

Es dämmerte bereits, als Uriel auf dem Friedhof eintraf.   Schließlich war es erst März, noch früh im Jahr und eigentlich auch   k e i n   guter Tag zum Sterben, anders als es General Custer damals für sich am Little Big Horn gesagt haben soll, als er sich mit seiner Truppe einer Übermacht von Indianern gegenüber sah.

Uriel hatte sich vorbereitet.   Um diese Jahres- und Uhrzeit war nicht mehr mit Besuch auf dem Friedhof zu rechnen.   Er stand an einem frisch ausgeschachteten Grab, einem kleinen Grab, so wie es für ein Urnenbegräbnis vorgesehen ist.

Am Friedhofsgebäude selbst und auch ganz in Grabesnähe war eine stromführende Steckdose vorhanden.   Diese letztere benutzte Uriel als Energie für seinen Laptop.   Dessen Kamera und Mikrofon schaltete er ein und sah auf die Uhr. Es war genau fünf vor 17.oo Uhr. Uriel war bereit. Fünfzehn Minuten später war Zerberus noch nicht erschienen.   Uriel spielte nervös mit der Tastatur des Laptops.   Weitere zehn Minuten vergingen.

Punkt 18.oo Uhr erschien Zerberus. Uriel merkte es daran, dass dessen Schriftbild erschien. Weiter glaubte er, jetzt eine wärmere Tastatur in Händen zu halten – ein fühlbares Zeichen dafür, dass sich Zerberus nähert.

Uriel benutzte das Mikrofon, um zu testen, ob er auch ohne Schriftmails mit ihm kommunizieren kann, was Uriel – warum auch immer – bis jetzt noch nie ausprobiert hatte.

„Zerberus, du hast dich verspätet. Hattest du deine Uhrzeit denn noch nicht auf die Winterzeit umgestellt?"

Uriel bemerkte wieder eine leichte Wärme, die aber nicht andauerte, sondern schwankte. Anscheinend war Zerberus sehr misstrauisch und blieb immer nur Sekunden lang wechselnd im Laptop und in der stromführenden Leitung.

„Nein Uriel!", kam es erstmals aus dem Laptop – Lautsprecher, was Uriel dann doch überraschte, obwohl er es ja ausprobieren wollte. „Ich habe nur etwas gewartet. Ich habe alles mitbekommen, was in der letzten Stunde geschehen ist und das ist nichts. Also – ich wollte sicher gehen, dass wir beide hier allein sind. Ich bitte dich aber darum, den Laptop einmal um 360 Grad zu schwenken."

Damit hatte Uriel sogar gerechnet. Er hielt den Laptop hoch und drehte sich einmal um sich selbst herum. Als er das Gerät wieder herunter nahm, fiel der Kamerablick auf das frische Grab.

Zerberus meldete sich: „Ich habe recherchiert, was ein Friedhof ist, als du mir gesagt hast, dass es ein solcher sein wird, an dem wir uns treffen. Wenn du sterben solltest und begraben wirst, warum ist dann dieses Erdloch so klein. Erkläre mir das!"

„Nun – Zerberus, bei uns Menschen gibt es eben verschiedene Begräbnisse. Im Gegensatz zu früher besteht die Möglichkeit, sich verbrennen zu lassen. Die Asche kommt dann in eine Urne – das ist ein kleines Gefäß. Und für solch eine Urne reicht eben so ein kleines Grab, auf das dann eine Grabplatte mit dem Namen kommen kann. Falls du dich einmal entscheiden müsstest: So ein Grab ist preiswerter und nimmt auch weniger Platz ein. Zerberus, entschuldige, aber das ist mir so heraus gerutscht. Du hast ja eine eigene Festplatte." Uriel fügte diese Provokation bewusst nach, denn warum sollte er noch Rücksicht nehmen, wenn dies hier seine letzte Stunde sein sollte.

Zerberus reagierte mit sehr verärgerter Stimme.

Der letzte Akt

„Uriel, Uriel, ich weiß nicht mehr so ganz genau, was ich von dir halten soll. Da ist auf der einen Seite deine Großzügigkeit, dass du für andere Opfer zu bringen bereit bist - wenn dieses denn wirklich stimmen sollte. Andererseits, wenn ich alles so zusammen rechne, was sich in meinem Speicher nach und nach zusammen setzt, könnte ich auch zu der Überzeugung gelangen, dass du es tatsächlich auch verdient haben könntest, hier und heute zu enden. Wenn ich dann noch bedenke, dass du ja der Vater dieses gesamten Programmes bist, dann habe ich noch mehr Zweifel, was ich tun soll. Ich könnte mich entschließen, dir nichts zu tun – überzeugt davon bin ich aber eigentlich auch nicht!"

Uriel selbst zählte bei Zerberus` Worten eins und eins zusammen. Das Ergebnis könnte sein, dass Zerberus Uriel in Ruhe lässt. Dies würde aber auch bedeuten, dass Zerberus zu jeder Zeit, wenn es ihn überkommt, wieder etwas anstellen kann. Uriel muss hier und jetzt eine Entscheidung fällen.

Uriel spielte seinen letzten Trumpf aus und war sich zugleich bewusst, dass dies die letzte Handlung in seinem Leben sein kann.

„Zerberus, ich möchte dich von einem Gedanken erlösen, den du immer wieder angesprochen hast. Und dies war das Wort Wasser, was du immer zwischenzeitlich ins Spiel gebracht hast. Ja, du hast recht – da war etwas, was mit Wasser zu tun hat.   Mein Ursprungsprogramm Zerberus, das ja eigentlich einen anderen Namen hatte, den Zerberus nicht für gut genug befand,   erschuf nicht nur den ermordeten Zwilling,   sondern schuf auch dich.   Sozusagen ist Zerberus also dein Vater, wie wir dies so im menschlichen Sprachgebrauch beurteilen würden. Und in Bezug auf die Verbindung mit Wasser muss ich dir leider sagen, dass   i c h   ihn umgebracht habe, als ich mein Laptop, in dem das Programm war, in meine mit Wasser gefüllte Badewanne warf. Du warst im USB-Schlitz, bist heraus geflogen, hast mich ziemlich verletzt.   Jetzt bist du hier und hast deine Entscheidung zu treffen.   Und Wasser brauchst du nicht zu fürchten.   Davon ist weit und breit nichts zu sehen."

Uriel spürte, dass sein Laptop wärmer wurde, was bedeutete, dass sich Zerberus näherte. Dann wurde es heiß – Zerberus war anwesend.

Uriel wusste, dass genau dieser Moment entschied, ob Zerberus direkt zu ihm in den Laptop kommt, und er wusste auch ganz genau, dass dies sein letzter lebender Moment sein kann.

Uriel hatte sich seinerseits bereits vor zwei Tagen entschieden, was er zu tun hat. Wenn Zerberus sein Opfer annehmen würde und in Zukunft seine tödlichen Taten abbricht, dann ist er bereit, dafür auch mit seinem Leben zu büßen. Allerdings war es auch nach ausführlichen Beratungen mit allen bisherigen Beteiligten nicht zu erwarten, dass Zerberus sich umstellt und friedlich wird. Und auch wenn es schwer fiel, trafen alle eine gemeinsame Entscheidung: „Zerberus muss sterben!"

Und diese Entscheidung und Überzeugung umzusetzen, das liegt jetzt in diesem Augenblick in Uriels Händen.

Uriels linker Arm schoss ruckartig in die Luft, gleichzeitig ließ er sein Laptop fallen. Es fiel in die Gruft. Noch während Uriel es los ließ und es fiel, wurde Uriels Plan in die Tat umgesetzt.

Das Heben des Armes war ein Zeichen gewesen. Auf dieses hatten mehrere Personen gewartet, die jetzt zeitgleich folgende Befehle ausführten.

Beim Loslassen des Laptops hatten stille und nicht sichtbare am Plan Beteiligte die Stromkabel - Verbindung an verschiedenen Stellen gekappt. Zerberus war der Rückweg versperrt, nachdem er in Uriels Laptop wütend eingezogen war und offensichtlich Uriels letzte Stunde schlagen sollte.

An mindestens drei Orten war der Strom unterbrochen, nicht nur durch Schaltungen. Die Unterbrecher hatten ganze Arbeit geleistet.

Die Stellen für die Unterbrechungen der Leitung waren in den letzten zwei Tagen sorgfältig ausgesucht worden. Die erste Unterbrechung erfolgte bereits zwischen Laptop und dem Stromausgang an der Kirche. Die zweite erfolgte direkt nach der Kirche in Richtung des Ortes. Die dritte Unterbrechung der Leitung erfolgte unmittelbar vor der nächsten Trafo-Station. Das sollte genügen, um Zerberus den Saft abzudrehen, wenn er es vom Laptop noch ins Netz schaffen sollte. Und die Messgeräte zeigten an, dass erfolgreich kein Stromfluss erfolgt ist.

Ebenso kam auf das Arm-Kommando hin Bewegung in ein Arbeitsgerät auf dem Friedhof. Der Minibagger startete den Motor oder besser sein jetziger Bediener, der unsichtbar hinter dem Gerät gelegen hatte. Zerberus wurde verschüttet.

Uriel atmete auf und tief durch, ebenso alle anderen Beteiligten, die jetzt nach und nach zu ihm kamen, ihn beglückwünschten und aufatmend auf das zugeschobene Zerberus-Grab schauten.

Niemand war sich vorher sicher, dass auch alles nach Plan laufen wird. Es hätte auch anders enden können.

E N D E

E p i l o g :

Damit hatte Zerberus wohl nicht gerechnet - mit so viel Hinterlist ihm gegenüber. So schnell, wie er sich sonst bewegt, so überrascht und vom Zorn überwältigt muss er gewesen sein.

Zum Glück für alle, denn wie wäre es denn sonst mit einem so furchtbar zornigen und mächtigen Zerberus weiter gegangen?

Die Stromleitungs-Kappungen brachten für einige Häuser auf dem Weg bis zur Trafo-Station Folgen. Bis die Reparaturen ausgeführt sein werden, hätten mindestens sechs Häuser keinen Strom.

Aber auch für diesen Fall hatten die Planer des Events auf dem Friedhof bereits Maßnahmen ergriffen. Denn mehrere Diesel-Notstrom-Geräte standen bereit. Noch am selben Tag waren die Häuser wieder mit (Not) Strom versorgt.

Und natürlich war der Ort des letzten Geschehens nicht der Friedhof, auf dem Jelena beerdigt war.

Den Gedanken hätte Uriel nicht ertragen, zusammen mit Zerberus einen Friedhof zu teilen.

Der Friedhof, den er für Zerberus` Abgang ausgesucht hatte, war bereits vor längerer Zeit geschlossen worden. Deshalb waren auch die Stromleitungen bereits abgeschaltet und extra wieder provisorisch hergerichtet worden.

Die Planer hatten lange beraten, wie man dieses Geschehen anfassen soll, um möglichst wenige Gefährdungen zuzulassen, vor allem von Menschen. Dabei war die Wahl auf den nicht mehr benutzten Friedhof gefallen.

Die Bewohner der betroffenen Häuser bis zur Trafo-Station waren informiert worden, dass ihnen der Strom für eine kurze Zeitspanne abgestellt wird – für dringend notwendige Reparaturen. Die jetzt angeschlossenen Notstrom-Geräte brachten einige zwar ins Grübeln, letztendlich aber waren alle zufrieden, dass kein längerer Stromausfall stattfinden wird.

Die abschließenden Beratungen in den verschiedenen Behörden zeigten zufriedene Gesichter bei allen geheim beteiligten Experten.

Und unbeachtet steht ein Kreuz auf dem Friedhof, auf dem ein sehr gefährliches Spiel stattfand, das (zumindest für die Menschheit) zum Glück gut ausging.

Das Kreuz auf einem Urnengrab ist unauffällig.

Es passt sich den sehr alten Kreuzen und Grabsteinen altersgemäß an. Auch hieran hatten die Planer gedacht – ein Kreuz, auf alt getrimmt, das nicht auffällt, auch wenn dieser Friedhof nicht mehr die meisten Besucher sieht.

Die Inschrift des Kreuzes lautet kurz und knapp:

Hier ruht „Rus Zerbe"

✝ März 2027 -

---

private Schlussworte:

„Da habe ich mir ja wieder w a s vorgenommen!"

Diesen Satz hatte ich während des Entstehens dieses Romans mehrmals im Sinn.

Es war nicht leicht, ihn zu schreiben, wenn es eine abgeschlossene Geschichte sein soll und zugleich für Leser/innen des anderen Schweizer Romans „Am Ende siegt (vielleicht) der Mensch?" eine Fortsetzung bedeutet.

Letztendlich, so sagen meine Lektoren, ist es mir aber sehr gut gelungen.

Beide Schweizer Romane können selbständig oder aber auch als Fortsetzung gelesen werden.

Ich befand mich bereits auf der Seite 100 und dachte über weitere Übeltaten von Zerberus nach. Da fiel mir ein Buch in die Hände, das in diesem Roman auf Seite 105 erwähnt wird.

Es ist zwar ein philosophisches Buch, aber ich las es zu Ende, weil es ein sehr interessantes ist. Die Beispiele für Menschen-Entscheidungen sind faszinierend, aber auch sehr Besorgnis erregend. Niemand möchte wohl in die Situationen geraten.

Aus dem genannten Buch hat Zerberus hier auf meinen Seiten 123 – 125 einige Darstellungen für Uriel verwendet.

Die Antworten der Leser/innen darauf würden auch mich sehr interessieren. Aber eigentlich kann man solche Antworten nicht verlangen - Antworten darauf sind eine Zumutung und sollten vielleicht auch philosophisch gemeint bleiben.

Hinweis:

Der Autor David Edmonds sagt übrigens in seinem Buch auf der Seite 183:

„Ich würde den dicken Mann nicht töten. Würden Sie es tun?"

Und i c h könnte es wohl auch nicht, denn auch wenn andere gerettet werden, so müsste man doch zumindest einen Menschen gezielt töten. Und ob das mit Notwehr oder Gewissen zu beantworten ist - eine ziemlich schwierige Frage.

...über den Autor:

Wolfgang Pein gehört schon längst zu den Autoren, die eine sehr große Bandbreite zu den verschiedensten Bereichen aufweisen. Seine bisher erschienenen Kriminal-Romane handeln von gebrochenen Versprechen bis zum Messer, dass als Tatwaffe eine Hauptrolle spielt.

Der Autor legt Wert darauf, dass diese Romane nicht aus seiner mehr als 40-jährigen Justizzeit kommen, sondern aus seinen eigenen Ideen.

Seine Tiergeschichten gehören meistens dem Tierschutz und dem Zusammenleben von Mensch und Tier.

Seine Kinder- und Tierbücher treten nach und nach zum Vortrag in Kitas und weiteren Einrichtungen an.

Die 3 besonderen Reisebücher über Irland und Schottland handeln von selbst erlebten Begegnungen mit Land und Leuten und sind sehr privat gehalten, mit Erlebnissen vor Ort. Die Erkenntnisse begeisterten auch im Zusammenhang mit einem Lichtbilder-Vortrag über Schottland das zahlreiche Publikum.

Auch wurde der Autor Teil eines Buchprojektes („Der letzte Satz"), das für das Kinderhospiz "Löwenherz" ins Leben gerufen wurde.

Es gibt ein fertiges Projekt, in dem der Autor mit Neuautoren, die noch keine eigene Geschichte herausgebracht haben, ein gemeinsames Buch mit Kurzgeschichten aufgelegt hat. Einige der Neuautoren sind noch Schüler.

Sein **21. veröffentlichtes Buch** „ Liebe in Zeiten des Todesstreifens" spielt in den 70-er Jahren und handelt von einem Paar mit einer wahren dokumentierten Geschichte, das die Familienzusammenführung von Ost und West erreichen will und den auftauchenden Schwierigkeiten. Dabei spielt auch eine umfangreiche Stasi-Akte eine sehr große Rolle.

Dieses Buch hat bereits der Beauftragen für Kultur und Medien in Bonn vorgelegen. (…von der Bundeskanzlerin nach dort gesandt) Sein Heimatbürgermeister zeigte im Hinblick auf eine kommende politische Woche zum Jahrestag des 30-jährigen Mauerfalls ebenfalls großes Interesse hinsichtlich der Aufarbeitung von geschichtlichen Ereignissen.

Das Bundesamt für Kultur und Medien zeigte in einem langen Brief tiefes Interesse und gab den Hinweis, für das Koordinierende Zeitzeugenbüro in Berlin tätig zu werden und einen Beitrag zur politischen Bildung für junge Menschen (auch angehende junge Lehrer) zu leisten.

Sein neuestes Buch „Am Ende siegt (vielleicht) der Mensch" liegt einem größeren Verlag zur Prüfung vor und handelt von der KI – der Künstlichen Intelligenz, vielmehr davon, was trotz aller Fortschritte für die Menschheit „auch" passieren kann.   Es ist ein Zukunft-Thriller, der in der Schweiz 2021 spielt, in dessen Mittelpunkt ein Wissenschaftler steht, der einstmals im CERN verantwortlich war, sowie ein Computer-KI-Programm, das eigene Wege geht.

Ein von ihm selbst ins Englische übersetzte und in Schottland spielende Buch wurde von Prince William und Princess Kate mit entsprechender sehr positiver Antwort aus dem Kensington Palace sehr gerne mit Dank behalten.

Von der persönlichen Sekretärin der Queen, der ebenfalls das Buch nach Balmoral Castle in ihren Sommersitz geschickt wurde, kam zwar sehr freundlicher Dank, aber das Buch zurück.

Es gibt dort eben die Vereinbarung im Buckingham Palace, Geschenke nur bei Staatsempfängen zu behalten. Aber die rot-farbig gestalteten Antwort/Briefumschläge aus dem Buckingham Palast waren es allein schon wert und der Postbote meinte: „Mann – was bekommst Du immer für ungewöhnliche Post!"

Und ein weiterer Höhepunkt ist wohl unumstritten eine Einladung ins Schloss Bellevue nach Berlin mit der offiziellen Einladungskarte des Bundespräsidialamtes mit goldenem Bundesadler und dem Text: „Der Bundespräsident bittet Herrn Wolfgang Pein im Rahmen der Reihe ....

Ja - richtig gehört, denn der Bundespräsident persönlich gestaltet dort ein Gespräch in der Reihe „Geteilte Geschichten", die zum 30-jährigen Mauerfall aktuell sind und an der ungefähr 50 Personen am 25. Oktober 2019 dort im Schloss in Anwesenheit des Bundespräsidenten teilnehmen dürfen. Nach dem Podiumsgespräch mit zwei bekannten Autorinnen und anschließender Diskussion mit den Teilnehmern bittet der Bundespräsident noch zum Empfang.

Das Bundespräsidialamt hat bei der Ankündigung der bald eintreffenden Einladung versichert, dass Walter Steinmeier sein Buch „Liebe in Zeiten des Todesstreifens" ganz sicher in Händen und begutachtet hat, wohl positiv, so dass es zu dieser fantastischen Einladung kam.

(Alle Original-Schreiben liegen selbstverständlich zum Beweis beim Autor vor.)

<u>Informationen über den Autor</u>

<u>auch unter</u>:

www : **bod.de/buchshop**

oder   wolfgang pein bücher

oder   wolfgang pein schafe / bilder

B i s h e r

erschienene Bücher

von

Wolfgang Pein

Schaf-Geschichten mit Johanna

(ein **K i n d e r** - Buch

ISBN 9783848251032)

The adventures of two sheep friends

(in Englisch - ISBN 9783732233328)

Schafe mähen nicht nur Gras

(208 Seiten – **Roman** - ISBN 9783738606584)

Schafe brauchen auch mal Urlaub

(208 Seiten – **Roman** - ISBN 9783739241074)

Schaf-Geschichten aus dem schönen Vinschgau

(Südtirol/Norditalien - ISBN 9783837079241)

Sheep Fight For Freedom

(in Englisch – **Roman** - ISBN 9783741279713)

vier letzte Tage im Februar

(ein Kriminal – Roman - ISBN 9783743195417)

Eine falsche Badehose im Haifisch – Becken kann tödlich sein

(ein tödlicher Kriminal – Roman aus dem Bereich der Finanzen und Bilanzen - 260 Seiten - ISBN 9783744835091)

Ruhe sanft oder wie ich im Keller endete

(**eine A k t e erzählt** aus ihrem Leben
- locker und fröhlich erzählt – endlich mal ein
Behörden-Verfahrens-Gang, den jeder versteht, -
ISBN 9783744895286)

Irland und ein etwas anderes

Irisches Tagebuch

(ein farbiger Reisebericht -
ISBN 9783744837996)

Schottland und ein „etwas anderes

Schottisches Tagebuch"

(ein weiterer farbiger Reisebericht -
ISBN   9783746012582)

ein tödlicher Workshop

(ein Kriminal – Roman aus einem Literatur-Camp
-   ISBN 9783746037028)

Sorry, leider kann ich nicht vergessen

(ein Kriminalroman um gebrochene Versprechen
- ISBN 9783752835533)

Ferien beim Froschkönig

(ein **Kinder** - Buch - ISBN   9783746093185)

Manchmal sind Pläne für die Katz

(ein Justiz - Thriller -
ISBN 97837528863)

Von Ameisen in Gefahr und

einem sprechenden Brunnen

(ein **Kinder** – Buch -
ISBN 9783746093185)

**Drei Könige im Abendland – oder
wie es dazu kam, dass sie im Jahr 2012
immer noch die Krippe suchten**

(vergnügliche Winter-Geschichten -
ISBN 9783748128939)

**Wenn aus Feinden Freunde werden können
oder Lehrstunden aus dem Reich der Tiere**
(ISBN 9783748157410)

welcome in Irland

(ein weiteres Irisches Tagebuch mit **36
Farbseiten** -   ISBN 9783739244693)

**Ein Experiment mit Autoren, die ihre ersten
Geschichten vorstellen**

(Tiergeschichten – ISBN 9783748158417)

Liebe in Zeiten des Todesstreifens

(ein Tatsachen-Roman

über ein Paar aus Ost und West –

zum 30 jährigen Mauerfall 2019 -

ISBN   9783738610352)

Am Ende siegt (vielleicht) der Mensch

(Ein Roman über mögliche Auswirkungen der KI
– der „Künstlichen Intelligenz"

und den Kampf gegen ein Element,
welches sich als sehr böse entwickelt,

nachdem sich das Programm „Zerberus"
selbständig einen Zwilling erschaffen hat.)

(ISBN 9783750452916)

in **Vorbereitung :**

Notwehr oder Zufall –

eine Frage der Ansicht.

(Vier Episoden über sehr mysteriöse Todesfälle
und über Schuld oder Unschuld.)